성장하는 나를 위한
커리어 수업

성장하는
나를 위한
커리어
수업

이직스쿨 김영학 지음

마음시선

차례

2장 일과 나 사이 적절한 균형을 잡는 법

3장 보다 넓고 깊게, 전문성 기르는 법

4장 나만의 사업 시작하는 법

커리어 수업을 시작하면서

◇

커리어^{career}란 무엇일까요? 사전에는 '경력, 직업, 직장 속 활동' 등으로 나와 있지만, 저는 커리어의 진짜 뜻이 따로 있다고 생각합니다. 그것은 바로 '일을 통한 나의 성장'입니다. 성장하지 못하면 내 일을 계속할 수 없기 때문입니다.

여러분이 지금까지 어떤 일을 해왔다면, 그 이유는 무엇인가요? 아마 미래에 성장해 있는 여러분의 특정한 어떤 모습에 있을 것입니다.

따라서 '일'과 '커리어'는 전혀 다른 말로 이해되어야 합니다. "과거부터 현재까지 내가 해온 여러 일들은, 미래의 내가 가질 수 있거나 꼭 가져야 하는 어떤 모습과 상태를 염두에 두고 해온 것"이라는 새로운 해석이 필요합니다. 그래야만 우리가 하는 여러 일에 대한 진짜 이유를 스스로 찾는 힘을 가질 수 있기 때문입니다.

또 한 가지, 커리어를 단순히 '경력'이라고 생각하면 일을 하는 중에는 늘 커리어를 쌓고 있다고 생각할 수 있습니다. 하지만 생각만큼 직장이 커리어를 키워주진 않습니다. 언제가 될지 모르지만, 직장에서 나와야 하는 순간과 타이밍을 찾을 수 있어야 합니다. 왜냐하면 직장인이라면 누구든 자립과 독립을 피할 수 없기 때문입니다. 그런데, 그러기 위해서는 아이러니하게도 기본적으로 '직장생활을 훌륭히 할 수 있어야' 합니다. 대신에 그 가운데 나만의 길과 방식을 내 생각 속에 새롭게 장착할 수 있어야 하지요. 이를 통해 '나만이 가질 수 있는 커리어'를 디자인하고 실현할 수 있기 때문입니다.

저는 커리어라는 말을 위와 같이 정의한 후 직장인과 기업, 스타트업의 대표를 상대로 커리어 코칭을 해왔습니다. 그리고 언제나 그 사람의 일과 그 사람의 취향 및 성향을 매칭하여 살피려고 집요하게 노력했습니다. 이 노력은 그 사람이 살아가는 인생 전반을 이해하는 데 여러 과정과 경로가 있음을 알려주었고, '각자가 가진 특유의 밸런스'가 가장 중요함을 깨닫게 해주었습니다. 왜냐하면, 그 사람의 일만 성장하게 되면 다른 부분과의 균형을 맞추지 못해 자칫 밸런스가 깨질 수 있기 때문입니다. 따라서 각자가 놓인 상황을 다각도로 파악하고, 방향과 속도 모두에 신경을 기울여 그들이 점진적으로 앞으로 나아갈 수 있게 도왔습니다.

그 결과 저는 지난 6년 동안 약 1,500여 명의 사람들을 다양한 계기로 만났고, 그들에게 커리어를 스스로 디자인하는 법을 알려주었습니다. 그리고 그 과정에서, 많은 사람들이 일을 계속하면서 자신의 성장을 고민하지만 잘못된 고정관념 때문에 좁은 시야로 일을 바라본다는 것, 커리어에 대해 곰곰이 생각조차 하지 않으면서 답이 없다며 스스로를 옭아매고 있다는 것을 알아차렸습니다. 하지만 각기 다른 상황에 놓인 여러 고민을 듣고, 그분들에게 조금만 제대로 방향을 제시하면 올바르게 나아갈 힘이 있다는 것도 알게 되었습니다.

이 책에는 제가 그동안 코칭을 해오며 많은 분들에게 실제적으로 도움이 되었다고 생각하는 35가지 질문에 대한 답을 정리해 담았습니다. 저는 많은 사람들이 주체적으로 인생의 방향을 찾고, 스스로 올바르게 성장해나갈 수 있기를 바랍니다. 그것이 '저의 커리어', 즉 제가 일을 하는 목적이고 그래야 코치로서의 제 삶도 온전히 성장할 수 있다고 믿기 때문입니다.

이 책이 여러분들에게 스스로의 커리어를 고민할 수 있는 계기를 만들어주기를, 그리하여 여러분이 각자 성장한 미래의 모습을 그리며 그 모습에 도달할 수 있는 힘을 기를 수 있기를 간절히 바랍니다.

1장

내 인생의 방향을 정하는 법

Q 방향을 잃었어요.

A 잃어버린 것이 아닙니다. 처음부터 방향은 없었어요.

Q 주변 사람들 모두 자신만의 목표와 방향을 확고히 가지고 살아가는 것 같아요. 하지만 저는 아무런 방향성 없이 하루하루를 보내고 있어요. 20대 때에는 취직이 목표였고, 그저 안정된 삶을 살고 싶었어요. 그런데 취직을 하고 시간이 흐르다보니 어느새 아무것도 이루지 못한 30대 후반이 되어버렸어요. 마음만 급해지고, 앞으로 어떻게 해야 할지 모르겠어요.

A 당신은 방향을 잃어버린 게 아닙니다. 처음부터 방향 따위는 있지 않았어요. 무작정 앞으로 달렸는데, 막상 바랐던 삶이 아니니까 당황한 것입니다. 이제부터 방향을 정하면 됩니다. 대신에 일의 방향 이전에 인생의 방향부터 생각해봐야 합니다.

한 가지 제안을 하죠. 일단 당신이 생각하고 있는 곳 중 가고 싶은 곳이 아니라, 가지 말아야 할 곳부터 골라내세요. 그리고 남은 선택지 중에 최고와 차악을 골라 모두 두드려보세요. 그 선택이 맞는 방향인지, 나에게 얼마나 도움이 되는지 말이죠.

Q 두드리려면 시간이 많이 걸릴 텐데요. 저는 시간이 없어
  요.

A 시간이 많은 사람은 없습니다. 여유가 없을 뿐이죠. 여유
  가 없는 것은 방향이 없기 때문입니다. 그렇다면 약간의
  시행착오를 감수하더라도 방향을 찾는 데 힘을 기울여야
  합니다. 그래야 앞으로의 당신 삶에 더욱 만족할 수 있습
  니다.

'나만의 방향'을 갖고
직장생활을 시작한 이는
극히 드뭅니다

방향을 잃었다고 자책하지 마세요. 처음부터 '방향'은 존재하지 않았습니다. 그저 남들처럼 때에 맞춰 늦지 않게 일을 시작하려고 했고, 운명처럼 지금의 일을 만나서 여태껏 여러 이유로 지속해왔던 것뿐입니다.

다들 그렇게 일을 시작하는 것이 보통입니다. 그러다보니 남들보다 높은 연봉에 좋은 대우를 받고 싶어서 눈먼 경쟁을 하는 것이죠. 그것도 모자라 불필요하게 내부 경쟁까지 하면서 온갖 스트레스에 자신을 방치하고요. 그러면서 잘 살아가기 위해 자신의 삶을 살피기는커녕, 직장 안팎에서 '몰입 대상'을 찾아, 눈앞의 것에만 최선을 다하며 의미를 둡니다.

문제는 이처럼 살아가면서도, 잘나가는 듯 보이는 누군가를 보면서 자괴감을 갖는 것입니다. 그리고 마치 그는 처음부터 방향을 갖고 있었던 것처럼 느끼곤 합니다. 어느 누구도 그렇게 이야기하거나 말하는 걸 본 적이 없음에도 말이죠.

주변의 누군가를 보며 '저 사람은 나름의 방향을 갖고, 지금의 상태가 되었을 거야'라고 생각하고 있나요? 하지만 그 사람에게 직접 물어보세요. 과연 '방향'을 갖고 있는지 말이죠. 지금 하고 있는 일의 계획이 무엇인지, 최소 5년 이상의 계획이 가시적이진 않더라도 윤곽 정도는 잡혀 있어야 합니다.

자, 여기에 A와 B라는 사람이 있습니다. A는 위의 관점으로 스스로를 돌아보고 한없이 작아짐을 느낍니다. 심지어 이 감정이 자괴감이나 자기혐오로 발전하기도 합니다. 생각보다 이런 방식으로 자신의 자존감을 갉아먹는 이들이 많습니다. 한편, B는 자기 성장과 발전을 위한 원동력으로 이 관점을 활용합니다. 이런 사람들은 경쟁을 통해 생존과 성장을 이어나갈 수 있는 존재들입니다.

A와 B 중에 과연 당신은 어떤 생각을 하는 사람인가요? B라면 어떤 위기와 역경도 헤쳐갈 수 있는 타입입니다. 하지만 당신이 A타입이라면 마음을 굳게 먹고, 이제부터라도 스스로 인생의 방향을 정하려는 노력이 필요합니다. 일정 수준 이상의 '확신'을 바탕에 깔고 말이죠.

"직장생활에서 의미를 찾고, 재미를 가져야 한다"는 뻔한 이야기는 하지 않겠습니다. 다만 원하는 인생으로 향하는 방향에 '일'이 있고, 그 일을 성취해가면서 '사는 재미'를 더해

가는 것이 삶입니다. 어쨌든 우리는 일하지 않고서는 살 수 없기 때문입니다. 그러니 기왕이면 오래도록 즐기면서 하기 위해, 일에 대한 고민을 놓지 말아야 합니다.

지속하고 싶다면
방향^{Vision}을 가지려고 해보세요

방향이란 '내가 되고 싶은 나의 미래 모습이나 상태'를 말합니다. '꿈'이라는 단어로 표현해도 좋습니다. 하지만 꿈은 잘못하면 허황되게 느껴질 우려가 있습니다. 그래서 저는 비전^{Vision}이라는 단어를 사용하고 싶습니다.

'방향'은 무언가를 결정하는 데 필요한 기준 같은 것입니다. 이것을 기준으로 해야 할 것^{must do}과 하지 말아야 할 것^{must do not}을 그때그때 정하고, 다시 시험해보며, 시행착오의 과정을 반복해야 합니다. 그렇게 하면서 나에게 맞는 것과 맞춰야 할 것, 부족하여 채워야 할 것 등을 하나씩 세밀하게 가다듬는 것이죠.

가령 '몸짱'이 되고 싶다고 해봅시다. 운동을 열심히 하고, 음식도 좋은 것만 골라서 잘 먹습니다. 처음에는 잘됩니다. 계획대로 잘 밀고 나가죠. 그러다가 자칫 작은 실수라도 하면, 갑자기 해야 하는 원동력을 잃어버립니다. 그러고는 방향을 잃었다고 하죠.

또는 '일을 잘하고 싶다'고 생각하고, 일을 열심히 합니다. 그런데 열심히 했지만 만약 결과가 좋지 않다면 어떨까요? 좋지 않은 결과까지 긍정적으로 받아들일 수 있을까요? 그럴 때, 과연 내가 가고자 하는 방향에 대해 확실한 믿음이 있다고 말할 수 있을까요?

위의 두 가지 경우는 '방향Vision'이라고 볼 수 없습니다. 방향은 명확하게 정해진 목표가 존재해야 하고, 이를 위한 구체적인 계획이 뒷받침되어야 합니다. 그저 몸짱이 되고 싶다는 막연한 생각보다는 워너비 몸의 명확한 이미지가 있어야 하고, 그 이미지에 도달하기 위해 각 단계가 있어야 합니다. 해당 단계에 도달하기 위해 실천 가능한 손쉬운 계획부터 어려운 목표를 달성하기까지, 시도할 수 있는 명분과 의지도 필요합니다.

일에도 마찬가지로 적용할 수 있습니다. 일을 잘하고 싶다면 '일을 잘하는 것'의 구체적인 정의부터 내려야 합니다. 이를 한눈에 볼 수 있는 단계Visionary Step로 만들어, 다시 세부적 달성 목표로 나누고, '도장 깨기' 식으로 하나씩 이뤄나갈 수 있도록 구성해야 합니다. 한꺼번에 여러 개를 무턱대고 하는 것이 아니라, 조직화하여 각자의 활동이 힘을 받을 수 있게 말입니다. 마치 건물을 짓는다고 생각하고, 순서에 입각하여 접근해야 합니다.

물론, 삶에서 비전이 꼭 있어야 하는 것은 아닙니다. 하지만 있으면 편해집니다. 적어도 "지금 하고 있는 일을 계속해야 할까?" 유의 고민은 하지 않아도 될 테니까요. 고민에 시간을 쓰기보다는 현재 봉착해 있는 '쉽게 넘지 못하는 단계'에서 이를 넘기 위해 어떤 것을 노력해야 하는지 선택과 집중을 할 수 있을 것입니다.

혹시 지금껏 남들이 가는 방향이 내 방향이라고 착각하며 살아오진 않았나요? 그러나 이제는 그들이 가는 방향에서 힌트를 얻어 나만의 길을 그려야 하는 시기입니다. 시작은 누구나 비슷할 수 있습니다. 하지만 그 과정까지 비슷하다고 생각하면 착각입니다. 비슷해 보일 뿐입니다.

당신이 가야 할 방향Vision을 확실히 설정하고, 그 길을 가급적 당신이 좋아하는 것 또는 버틸 수 있는 요소들로 채워나간다면 어떤 일이 일어날까요? 상상하다보니 흐뭇해집니다. 분명히 그 길은 즐겁고 행복할 테니까요.

Q 면접, 연습 삼아 보면 안 되나요?

A 면접은 실전입니다. 얼굴 팔지 마세요.

Q 저는 면접이 너무 어려워요. 평소에는 막힘없이 말을 잘 하는데, 면접장에 가면 위축돼서 평소처럼 안 돼요. 그래서 좋은 기회들을 많이 놓친 것 같아요. 요즘에는 틈나는 대로 '연습 면접'을 보러 다닙니다.

A 면접이 왜 어려울까요? 그 자리가 어려운 것일까요, 아니면 처음 만나는 사람과 이야기를 나누는 게 어려울까요? 어쩌면 어렵다기보다는 어색한 것 아닐까요? 그걸 극복하기 위해 필요 이상의 면접을 보는 게 좋은 해결책일까요? 어떻게 생각하세요?

Q 솔직히 연습 면접이 괜찮을 것 같지는 않아요. 하지만 좋은 방법이 없어서요. 게다가 당장 어떤 불이익을 당하는 것도 없고요. 양심에 찔리긴 하지만 이 정도의 죄의식은 감수해야 하지 않나 싶어요.

A 양심에 찔리는 일, 괜찮을까요? 글쎄요, 면접관을 연습 상대로 삼는 걸 면접관이 모르게 할 수 있다 아니다에 대

해서는 제가 뭐라고 답을 할 수가 없네요. 그런데 당신이 연습 삼아 면접을 본다는 것을 상대방이 알아차린다면, 어떻게 하시겠어요? 혹시 나중에라도 알게 된다면요. 그 곤란함을 어떻게 극복해야 할까요. 그렇게 생각한다면 과연 진짜로 괜찮은 일일까요?

면접은 인터뷰^{Interview}가 아니고 비즈니스 미팅^{Business Meeting}입니다

면접은 실전입니다. 내가 제출한 이력서와 경력기술서 또는 포트폴리오가 면접관 손에 넘어가 있기 때문입니다. 이는 나와 상대방의 목적이 일정 수준으로 '합의'를 이뤘기 때문에 발생할 수 있는 일입니다. 그런데 만약 이것이 '거짓 행동'임이 밝혀진다면 괜찮을까요? 상대방은 과연 나를 어떻게 생각하게 될까요?

면접은 단순히 묻고 답하는 식의 '인터뷰'가 아닙니다. 지원자와 면접관이 목적과 목표에 대한 공감대를 이루고, 나아가 합의를 이룰 수 있는 중요한 자리입니다. 지원한 이에게는 어렵게 찾아온 절호의 기회이자 면접관에게는 적임자를 단시간에 골라낼 수 있는지 확인할 수 있는 자리입니다. 상호 간 비즈니스 목적을 달성할 수 있는 중요한 만남의 자리인 것입니다.

신입 지원자는 면접에서 종이 위에 적힌 텍스트가 아닌 '진짜' 자신의 모습, 또는 '보여주고 싶은 모습'으로 최대한 나를 어필할 수 있습니다. 경력 지원자는 자신의 가치를 입증함과 동시에 입사할지도 모르는 회사의 평가를 내리고, 함게 일할지도 모르는 사람들을 익힐 수 있습니다.

그런 중요한 자리에서 실수하지 않기 위해 '연습'이 필요한 것은 맞습니다. 그러나 타인의 소중한 기회를 빼앗으면서, 또는 상대방에게 헛된 희망을 심어주면서까지 그렇게 해야 할까요? 그러다가 얼굴이라도 알려지면, 과연 그 뒷감당은 어떻게 하시려고요.

실전 면접만 방법이 아닙니다
모든 미팅이 연습이 될 수 있습니다

면접은 소개팅이 아닙니다. 하지만 '사람과 사람이 만나서 관계를 진전시킬지 말지를 결정하는 자리'라는 것에는 공통점이 있습니다. 이러한 원리를 잘 이용하면 소개팅 자리에서도 면접 연습을 할 수 있습니다.

"소개팅의 목적 그리고 목표가 뭔가요?"

외부 강연을 가면, 강연의 이해도를 높이기 위해 꼭 하는 질문 중 하나입니다. 우리의 삶은 목적과 목표로 구성되어 있습니다. 누군가와 관계를 맺을 때, 상호 간의 목적과 목표가 충돌하지 않고 일치할 수 있다면(취향 차이를 제외하고는) 관계가 틀어질 가능성이 거의 없습니다. 이것은 삶을 살아가는 원리로 작용합니다.

자, 이 글을 읽는 여러분께 묻겠습니다. "소개팅의 목적과 목표는 무엇입니까?"

소개팅의 목적은 마음에 드는 사람을 만나기 위함입니다. 만날 사람이 마음에 드는지 안 드는지 글 또는 사진만으로는 알 수 없습니다. 그래서 직접 만나 실물은 어떤지, 말하는 모습은 어떤지, 취향은 어떤지 서로 '합'을 맞춰보는 것입니다. 그렇다면 소개팅의 목표는 무엇일까요? 소개팅의 목표는 '마음에 드는 사람을 만나는 것'이 아닙니다. '다음에 한 번 더' 만나는 것입니다. 만나서 비로소 목표가 정해지는 것입니다. 다음에 만날지 말지는 만나기 전에는 알 수 없습니다. '달성 가능하거나, 실현 가능한(현실적인) 것, 수치화할 수 있는 것'이 목표입니다. 시작하기도 전에 '다음에 한 번 더'라는 목표를 세운다는 것은 말이 되질 않습니다.

단박에 상대방을 사로잡을 수 있는 매력을 갖고 있다면, 또는 특별히 무언가를 하지 않아도 상대방이 나를 알아봐준다면 모르겠지만, 대부분은 상대방이 나의 매력을 쉽게 알아보지 못할 가능성이 높습니다. 따라서 그 만남 자체에 힘을 쏟는 것은 당연하며, 관계를 더욱 돈독히 하기 위한 다음 단계(목표)를 협의해야 합니다. 그 협의가 결렬되면 목표 달성에 실패하고 오로지 목적만 남는 것입니다.

위의 원리를 면접에 대입하면, 면접자와 면접관은 각각 같은 목적 대비 다른 목표를 갖게 됩니다. 면접관(기업)의 면접 목적은 '역량 있는 지원자를 찾기' 위함입니다. 또한, 그들을 한눈에 알아보기 위한 눈을 기르기 위함이기도 합니다. 이번에는 실패하더라도, 이를 토대로 다음에는 시간을 헛되이 낭비하거나 알맞은 지원자를 뽑을 수 있는 기회를 놓치는 불상사를 겪지 않기 위해서 말입니다.

한편 지원자의 목적은 나에게 맞는 회사를 고르는 눈을 (면접장에서) 기르기 위함입니다. 생각보다 많은 이들이 회사 또는 일과 관련한 자신의 취향을 잘 모릅니다. 면접을 보면서, 이를 생각지도 못한 곳에서 '발견'할 수 있습니다. 유명하고 큰 회사에 가서 뒤통수를 세게 맞는 것보다는, 작더라도 내 기량을 마음껏 발휘하고 커리어에 도움이 될 수 있는 회사가 나에게 더욱 맞을지 모르기 때문입니다.

또한 지원자의 목표는 면접에서 자신을, 또는 전달하고자 하는 메시지를 왜곡되지 않게 적절히 전달하는 것입니다. 이를 바탕으로 다음 기회를 얻기 위함입니다. '합격 or 불합격'은 통제할 수 없는 영역이기 때문에 고려할 수 없지만, 그저 하고 싶은 말을 예의에 벗어나지 않고 하는 것입니다.

다양한 만남을 통해 표현력을 기르고
실전 면접에 필요한 준비만
추가하면 됩니다

위와 같이 '자리가 가지는 목적과 의미'를 생각하고, 이를 나와 상대방의 역할에 맞게 조율할 수 있다면, 어떤 미팅이든지 원리상 차이는 거의 없습니다. 결국 상대방의 입장을 얼마나 잘 이해하고 있고, 그 이해를 바탕으로 나의 무엇을 어필하면 통할 수 있을지를 고민하면 됩니다. 그 가능성을 높이기 위해서는, 오르지 못할 나무와 오를 수 있는 나무를 구분하는 눈과 실제로 오를 수 있는 강력한 손과 발(체력)만 있으면 충분합니다.

그 외에는 '자신감'입니다. 그게 전부입니다. 면접도 소개팅도 지금 이야기한 것을 실제로 보여줄 수 있으면 됩니다. 아마도 연습은 '보여주는 것=표현'을 잘하기 위해서일 겁니다. 그렇다면, 더 많은 이들과 더욱 다양한 만남을 통해 자신의 '표현력'을 기르는 것으로 충분합니다.

어떤 만남을 가질 때마다, 그 만남에 참여하는 이들이 기대하는 목적과 목표, 그리고 나의 목적과 목표를 뚜렷하게 확인하는 것을 습관화한다면, 부족한 표현력을 다듬을 수 있을 것입니다. 어떤 형태와 형식의 미팅이든지, 자신만의 방식으로 분위기에 맞게 자신을 드러내는 것입니다. 그것이 진정한 연습입니다. 말을 유려하게 잘하는 것보다는 침착하게 자신이 생각한 바를 제대로 말할 수 있도록 꾸준히 연습해 보십시오. 면접은 거기에 '상대방을 위한 사전 준비(회사와 지원하는 직무와 관련한 다양한 접근법)'가 조금 추가될 뿐입니다.

Q 자기소개서에서 매번 떨어져요.

A '같이 일해야 하는 이유'를 논리적으로 이해시키고, 공감시키고, 설득시켜보세요.

Q 취업 준비생입니다. 대학교에서 학점 관리도 나름 잘했고(4.5점 만점에 평균 4.3입니다), 대외 활동, 토익 점수도 갖추었고, 몇몇 회사의 인턴 경험까지 했기 때문에 졸업하고 괜찮은 기업에 취업할 수 있을 거라고 생각했습니다. 그런데 제 뜻대로 되지 않고, 몇 개월 동안 서류도 제대로 통과하지 못했습니다. 도대체 뭐가 문제인지 모르겠습니다.

A 어떤 기업에 어떤 내용으로 자기소개서를 제출했는지 살펴보지 않은 상황에서 정확한 답변을 드리기는 어렵습니다. 혹시 '자기 어필'에서 엉뚱한 곳에 힘을 준 것은 아닌지 조심스럽게 짐작해봅니다. 경험했던 여러 일들을 강조하며 '대단한 사람'처럼 과도하게 포장했다든지 말입니다. 적당히 겸손함도 있어야 하고 동시에 자신감도 있어야 하는데, 나에 대한 정체성이 제대로 정립되지 않은 채 단순 나열식으로 조건으로 당신을 드러내려고만 한 건 아닐까요?

Q 그걸 잘 모르겠습니다. 저의 어떤 부분을 어필해야 할지, 어떤 부분이 매력적으로 보일지 감이 잡히지 않습니다. 그저 하루하루 저를 갈고닦고 있는데, 소용이 있는지 모르겠습니다.

A 우리가 처음 보는 사람을 대할 때, 보통 어떤 태도를 보이나요? 누구나 비슷합니다. 어색하니까 쭈뼛거리는 건 기본입니다. 낯도 가릴 수밖에 없죠. 당연히 수년 동안 관계를 맺어온 친구처럼 대하기는 힘듭니다.

기업에 첫 인사를 건네는 입사 지원도 마찬가지 아닐까요? 나를 어떻게 소개해야 할지, 어떻게 해야 내 매력을 어필할 수 있을지, 경험이 없으니 악수惡手를 두고 맙니다. 가령 '나를 뽑을 수밖에 없는 이유'에 '나의 쓰임새(기능)'만 반복해서 어필하는 거죠.

저는 기업이 짜놓은 프레임에서 벗어나라고 조언하고 싶습니다. 기본을 이야기하되, 기본 바깥의 '나만이 가진 것'에 대해서도 이야기할 수 있어야죠. 그게 자기소개서의 핵심입니다.

당신들이 나를 뽑아야 하는 이유
내가 누군지 알아?

제목부터 도발적입니다. 마치 '뽑지 않으면 후회할 거야' 라는 투로 시작을 하죠. 물론 뉘앙스는 '겸손함'을 유지하려고 애씁니다. 여태껏 그다지 열심히 산 것 같지는 않지만, 오늘도 그동안의 삶에서 '좋아 보이는 것'들만을 엮어 열심히 한 편의 소설로 써냅니다. 오죽하면 '자소설'이라고 할까요.

소설이기 때문에 여러 극적인 효과를 연출하기에 바쁩니다. 그러다보니 정작 알맹이는 빠져 있습니다. 당연히 소설 속의 주인공은 '나'이지만, '나다움'을 이야기하는 자기소개서는 찾아보기 어려운 이유입니다. 결국, 소설 같은 이야기는 읽는 이들의 몰입을 이끌어내지 못하고 폐기처분되고 맙니다.

우리가 기업에 자신을 소개할 때 기억해야 할 것이 있습니다. 그것은 기업이 고객을 상대로 마케팅 활동을 할 때와 크게 다르지 않습니다. 받는 사람의 입장을 고려해야 한다는 것입니다. 나는 충분히 준비되었으며 적절한 가치를 제공하고 있다고, 명확한 근거를 두고 설득해야 합니다.

그러기 위해서는 먼저, 기업의 논리를 알아야 합니다. 각각의 기업마다 이익 추구의 방향과 방법이 다르고, 나름의 수준 차이가 있습니다. 무조건 기량이 뛰어난 사람만을 구하지는 않는다는 겁니다. 일을 잘한다는 판단 기준에는 여러 가지가 있겠지만, 신입을 뽑을 때는 대부분 잘 적응하고 함께 일하면서 자신의 몫을 충분히 해낼 사람을 찾습니다. 조직은 뛰어난 사람이 아닌, 잘 어울릴 수 있는 사람을 더욱 선호합니다.

자기소개서에는 과거 경험에 비추어 '할 수 있는 일' 위주로 설명하되, 자신의 기능을 재단하거나 속단하지 마시기 바랍니다. 기업이 특정 기능을 필요로 하는 것은 사실이지만 그 기능은 특정인만 할 수 있는 기술이 아닙니다. 대부분 '보편타당한 기준' 이상이면 모두 할 수 있기에 경쟁우위 요인으로 작용하지 못합니다. 악순환의 고리를 풀기 위한 열쇠는 '나만의 개성'입니다.

함께하고 싶은 이유를
'이해-공감-설득'의 과정을 거쳐
합리적·논리적으로 말해야 합니다

내가 가진 '기술(기능)'만을 강조해서 나를 어필하는 방법은 이제 구시대적 발상이 되어버렸습니다. 내가 이런저런 기술과 이를 증명할 수 있는 자격증(이에 준하는 것)을 제시해도, 더 이상 우리 선배들이 누렸던 지위와 특권을 누릴 수 없습니다. 출신(배경), 현재 가지고 있는 기술(테크닉) 때문에 남들보다 우월적 지위 또는 혜택을 받을 수 있다는 착각에서 이제 벗어날 필요가 있습니다. 그들이 당신을 고용한 이유가 특정한 이유 때문이라면, 당신은 그 이유에 의해 버려질 수도 있습니다.

'함께하고 싶은 명확한 이유'를 제시하는 것으로부터 전략은 시작됩니다. 기업과 개인은 종속적 관계는 맞지만, 계약으로 이루어진 관계이기에 언제든 헤어질 수 있습니다. 물론 약자는 늘 기업보다 개인이지만, 그래도 조직 내에 나름의 입지를 다져놓는다면, 심지어 조직 너머 업계 전체로 그 영향력이 뻗어 있다면 당연히 쉽게 나를 내팽개치지 못할 것입니다.

그 이유를 합류하려는 이유에서부터 '확실히' 담아낼 수 있어야 합니다. 개인이지만, 조직의 입장에서 소기의 목적을 달성하기 전까지는 본 회사를 떠나지 않을 것이고, 그 목적은 조직의 목적과 크게 다르지 않거나 비슷하다고 확실히 전하는 것입니다.

쉽게 말해 '나의 비전과 조직의 비전의 연결성 및 관계성을 어떤 부분에서 찾을 수 있고, 이를 위해 어떤 노력을 했으며, 이는 과거의 경험 또는 관련 직무와 연결하여 논리적이고 합리적으로 달성 가능한 목표이다'라고 설명할 수 있어야 합니다. 거기에 입사를 원하는 조직에 구미가 당길 만한 크고 작은 제안을 포함하고 있다면 금상첨화입니다. 이는 자기소개서의 핵심인 '지원 동기'에 해당합니다.

지원 동기를
발굴하기 위한 방법론

비즈니스 원리를 제대로 알지 못하는 신입들에게 지원 동기는 매우 어려운 영역 중 하나입니다. 저는 지원 동기를 '개인적인 이유'에 맞추지 말고 '해보고 싶은 일'에 맞추라고 권합니다. 약간의 비즈니스적인 디테일을 더해서 말입니다. 이를 '업무기획서형 지원 동기'라고 부릅니다.

업무기획서형 지원 동기를 잘 쓰기 위해서는 지원 기업에 대한 비즈니스 구조 및 환경 분석이 먼저 이루어져야 합니다. 그들의 비즈니스 동기를 이해한 다음, 지원 기업에서 해보고 싶은 일이 무엇인지, 그 이유를 자신의 미래상과 연결시켜 도출해야 합니다.

이를 통해 지원 기업의 강점과 약점, 그들이 속한 산업의 과거-현재-미래의 흐름을 파악하고 자신의 관점을 표현함으로써, 그들이 기대하는 비즈니스 인사이트를 제공할 수 있습니다. 그리고 지원 조직의 성장 방향에 자신이 어느 정도 공감하고, 얼마나 기여할 수 있는가도 보여줄 수 있습니다.

이렇게 하면 지원 기업의 현 상태를 객관적으로 분석하고 파악한 후, 나의 관점을 공유할 수 있습니다. 이를 통해 지원자로서 해당 기업에 대한 충분한 관심이 있음을 표명하고, 동시에 나의 의지를 보여줄 수 있으며, 또한 정리된 내용을 통해 내가 가진 전문성을 피력할 수 있고, 시시콜콜한 사담이 아닌 오로지 실력을 가지고 논할 수 있는 분위기를 만들 수 있습니다.

덧붙여, 좋은 자기소개서라면 '나는 누구인가'의 관점으로 쓴 경험을 통해 그 사람의 성향까지 알 수 있습니다. 그리고 그 경험을 통해 얻은, 삶을 관통하는 신념과 그것을 지키기 위한 그동안의 노력도 함께 알 수 있습니다.

그러한 자기소개서에는 당연히 어떤 지식, 기술 등을 가지고 있다고 뽐내기보다는 해당 지식과 기술을 갖기 위해 왜, 어떻게 노력했는지가 드러날 것이며, 해당 결과를 통해 무엇에 기여할 수 있다고 말하기보다는 기업에서 어떤 사람으로 자리매김하고 싶은지가 글 속에서 진중하게 드러날 것입니다. 만약 자신이 가진, 재능에 가까운 기술을 뽐내고 싶다면, 생각과 태도를 위주로 쓰십시오. '어떤 가능성을 가지고 있는가'는 '어떤 노력을 왜, 그리고 얼마나 했는가'와 다르지 않습니다.

연봉이나 내가 제시받아야 할 조건들은 가장 마지막입니다. 받아들이기 힘든 아주 큰 차이가 아니라면 처음부터 따질 필요는 없습니다. 내가 일하게 될 곳이 나와 얼마나 잘 맞을지 가늠하고, 그들을 설득하기 위한 메시지와 전달 방법을 고민하는 게 먼저입니다. 그것이 기업에 나를 소개하는 올바른 전략입니다.

Q 여러 가지 할 줄 아는 건 많은데, 이제 무엇을 더 갈고닦 아야 할까요?

A 진짜 자기 계발은 스킬과 테크닉을 '목적 없이' 갈고닦는 것이 아닙니다.

Q 친구들 사이 자기 계발 끝판왕이라고 불릴 정도로 여러 방면으로 공부하는 것과 경험하는 것을 좋아합니다. 가 만히 있으면 정체되는 것 같아 계속 몸과 머리를 움직여 야 마음이 편합니다. 하지만 익숙해졌다 싶으면, 다른 새 로운 무언가를 계속 찾아 나섭니다. 헬스, 필라테스, 요 가 등을 거쳐 클라이밍까지 하는 중이고, 영어로 시작해 일본어, 스페인어까지 초보자 학습은 마쳤습니다. 깊게 파고들진 않아도, 이것저것 해보는 것은 나쁘지 않다고 생각하는데, 그럼에도 채워지지 않는 갈증이 느껴지는 건 왜일까요?

A 여러 가지 많이 하시네요. 그런데 그렇게 많은 것을 배 워서 대체 어디에 쓰시려고요? 단순히 취미라고 보기에 는 좀 과한 것 같아서요. 그리고 정작 일을 잘하기 위한 자기 계발은 하지 않고 계시는 것 같습니다. 뭔가 주객이 전도되었다는 느낌인데요.

Q 배움은 그 자체로 좋은 것 아닌가요? 다양한 것을 배우며 제 생각의 폭과 활동이 넓어지니까요. 당장은 아니더라도, 이런 배움이 일하는 데도 도움이 되겠죠.

A 그 말씀도 맞습니다. 그런데 무작정 지금보다 나아지고 싶다는 생각으로 뚜렷한 목표 없이 인풋만 하는 것은 다소 폭력적으로 느껴지기도 합니다. 여러 경험을 해보셨으니, 이제는 일과 관련된 '자기 계발'을 한번 해보시길 권합니다. 커리어를 위한 값진 시간이 될 수 있게 말입니다.

자기 계발은
기능 업그레이드가 아닙니다

기획은 계획을 담고 있습니다. 기획에서 만들어진 방향과 가이드라인에 따라 이를 단계별로 기한을 정해 수행하려고 하는 것이 계획입니다. 자기 계발도 이런 원리를 담아서 한다면 어떨까요? 무작정 무리한 계획을 세우거나 의미 없는 시도들을 줄일 수 있을 텐데 말이죠.

하지만 대부분의 사람들은 그저 자기 계발을 무작정 시작합니다. 뚜렷한 방향성을 가지고 연속성 있게 단계별로 진행하지 않죠. 그냥 '주어진 대로, 하라는 대로, 시키는 대로' 하거나, 특정 지점에 도달하는 것에만 열심입니다. 그리고 그것이 끝나면 또 다른 미션을 해결하려고 합니다. 그게 마치 스스로에게 주어진 최선이라고 믿는 것처럼요.

그런데 그러다보면, 자신의 커리어와 특별한 연관성이 없는 일을 계속하거나, 단순한 취미에 머무르게 되거나, 단지 남보다 앞서고 싶다는 생각으로 루틴을 만들게 됩니다. 안타깝게도 그 루틴이 자신의 생각과 행동을 지배하고, 벗어나지 못하는 올가미가 되기도 합니다. 이는 계발이 아니라, 개발입니다. 자신을 마치 로봇이라 생각하고, 새로운 기능을 스스로에게 탑재하는 무의미한 업그레이드를 자행하는 꼴입니다.

올바른 '자기 계발'을 위한 11가지 요소

개발이 아니고, 계발입니다. 계발을 위한 기획이 되어야지, 개발을 위한 계획이 되어서는 안 됩니다. 중장기를 보고 투자자의 입장에서 자신의 미래를 살펴봐야 합니다. 계발 이후 기대하는 내 모습을 충분히 상상하고, 이를 토대로 기획 및 계획을 해도 충분합니다. 이 과정에서 목적의식과 실현 의지를 올바르게 갖추면 더욱 열심히 할 수 있는 원동력을 가질 수 있습니다. 아래에 올바른 자기 계발을 위한 11가지 요소를 정리해보았습니다.

1. 자기 계발은 원하는 미래의 커리어에 도달하기 위한 꾸준한 작업입니다.

자신이 원하는 목적과 목표를 위한 적절한 루틴을 만들고 다져가야 합니다. 그 루틴이 목표를 달성하게 하고, 더 나은 목표를 위한 힘이 되어주기 때문입니다.

2. 결과만이 아니라, 과정도 함께 계획해야합니다.

무언가 새로 시작할 때에는 '그만두지 않을 명확한 이유'를 실행 과정과 결과 모두에서 찾을 수 있어야 합니다. 무작정 좋은 결과를 좇기보다는 합리적으로 기획하고, 구체적인 계획을 세우는 것이 좋습니다. 의도치 않게 높은 목표를 좇거나, 목적과 다른 목표를 수립하거나, 달성을 위한 현실적 방법론을 잘못 책정하지 않기 위해서입니다.

3. 될 때까지가 아니라, 몸에 익을 때까지 합니다.

어떤 자기 계발이든 '변화된 생각과 태도가 평상시의 태도에서 자연스럽게 뿜어져 나올' 수 있어야 합니다. 따라서 반복적으로 실행해, 몸에 익히게 만드는 것이 좋습니다. 'Manner maketh man'이라는 말이 괜히 나온 것이 아닙니다.

4. 효과적인 것을 지향하면서, 그 안에서 효율을 추구합니다.

효과적인 결과를 내기 위해 목적에 부합한 구체적인 단계를 만들고, 검증을 위한 계획을 세운 뒤 실행합니다. 실행 과정 중에 목표 달성과 관련한 지표를 일정 주기로 측정하고, 목표 달성의 여러 방법과 과정을 비교하여 적합한 과정을 찾고, 더 나은 결과를 위해 개선점을 찾는 것입니다.

5. 현실적인 계획이 필요합니다.

현실적 계획 속 기본 요소는 'Do or Do not'으로 분류하고, 새로운 루틴은 기존의 것을 대체하는 것으로, 무리가 없도록 합니다. 예를 들어 다이어트를 위한 루틴은 Do not에 '밀가루 끊기'만 두지 말고, 대체할 만한 Do에 '배고플 때는 건강한 간식 섭취를 한다'로 보완이 필요합니다.

6. 수시로 분석과 피드백을 하여 긍정적 발전을 추구합니다.

최적의 효과와 최대의 효율을 위해 관리가 필요한 데이터를 기록하고 취합하여 분석 결과를 도출합니다. 그 결과를 향후 방향과 목표, 세부 단계 및 루틴을 정하고 점검할 때 활용합니다.

7. 평가가 아니라, 측정을 합니다.

평가보다는 측정의 관점으로 접근하고, 비교를 하려거든 과거의 자신과 비교해야 합니다. 이를 위해 변화의 추이를 기록하고, 개선하고 강화하기 위한 계획을 세우고 실천합니다.

8. 목적과 목표의 균형과 유연성을 갖추어야 합니다.

내가 바라는 가까운 미래의 모습과 현재 모습의 차이를

꾸준히 점검하고, 나에게 기대하는 긍정적인 변화를 이끌어 내기 위한 현실적 목표를 수립하고 실천합니다. 단, 계획대로 잘되지 않으면 다시 적용할 수 있는 유연성도 필요합니다.

9. 기획은 설득이 반 이상입니다.

자기 계발 기획도 설득을 포함하고 있습니다. 그 설득 대상은 자기 자신입니다. 작은 습관 바꾸는 것도 어려운 이유는 나에게 '여지'를 주기 때문입니다. 그 여지를 남기지 않기 위한, 명분 있는 기획을 세워 실행력을 높여야 합니다.

10. 나와 타인의 공감을 모두 이끌어내야 합니다.

기획 및 실행 단계에서 다수의 주변 사람들에게 공표를 하여 지지를 얻습니다. 스스로 바라는 성장을 타인에게 알려서, 함께 성장하는 듯한 착각을 일으켜 '지속하려는 마음'을 더욱 굳건히 하기 위해서입니다.

11. 기획을 했다면, 꼭 문서로 만들어야합니다.

기획(생각)이 완성되었다고 스스로 깨닫고 싶다면, '기획서'를 써보기를 권합니다. 자기 계발 기획의 목적/목표/성과/기대효과/과정 및 단계/후속조치 등의 요소를 문서에 담아 언제든 볼 수 있도록 합니다.

간절함이 부족하거나, 원하는 결과를 얻기 전에 그만두 거나, 목적과 목표의 연계성과 연속성이 부족하거나, 루틴을 정착시키지 못하거나… 자기 계발이 실패하는 요소들은 아주 많습니다. 결국, 성공은 얼마나 내 안의 실패 요인을 적절히 잘 다스리는가에 달려 있습니다. 따라서 자기 계발 역시 일처럼 치밀해야 합니다. 그리고 기왕 시작한 일에서 더 큰 성과를 얻거나 성장하기 위한 기회를 갖기 원한다면 스스로 재미있게 꾸준히 할 수 있는 활동을 해야 합니다.

능력주의 세상입니다. 자신의 능력이 얼마나 되는지 적극적으로 드러내고 표현하지 않으면, 실제로 뒤처지든지, 아니면 뒤처져 보이기 마련입니다. 그렇기 때문에 더더욱 스스로 강해지고 싶은 부분, 즉 능력을 꾸준히 개선하고 발전시키는 것이 중요합니다.

Q 정답을 말해야 한다는 강박에서 탈출하고 싶어요.

A 직장에는 정답이 없으니 '적절한 답'을 내는 힘을 길러보세요.

Q 어릴 때부터 부모님과 선생님이 신뢰하는 모범적인 학생이었어요. 그 기대에 부응하기 위해서 저는 열심히 더 노력했고요. 그런데 학교를 졸업하고 회사에 입사한 후, 저의 문제를 깨닫게 되었어요. 사고가 경직되었달까, 가볍게 브레인스토밍을 하는 자리에서도 정답을 말해야 한다는 강박에 시달려 좀처럼 입을 열지 못하겠더라고요. 무언가를 말할 때마다 혹시 내가 말한 답이 틀리진 않을까 겁이 나서요.

A 불행히도 대다수의 직장인에겐 정답 강박이 조금씩은 있습니다. 대한민국의 교육 시스템이 끊임없이 정답을 요구하기 때문이죠. 하지만 회사에는 정답이 없습니다. 해답만이 있을 뿐입니다. 생각의 프레임을 옮기지 못한 이들이 '오답 포비아'를 겪습니다.

Q 저도 그런 상황 같습니다. 그런데 문제는 알지만 고치기가 쉽지 않네요. 어떻게 하면 괜찮아질까요?

A 모든 습관은 의식에서 출발합니다. 다이어트를 위해 절식하고 운동하는 습관을 들이고, 공부를 잘하기 위해 책상 앞에 앉는 습관을 들여야 하듯, 일에서 해답을 잘 찾기 위해서는 일의 본질과 특성을 이해하고, 관련된 데이터를 활용하는 습관이 필요합니다.

학교와 직장의
정답 결정 메커니즘은
차이가 있습니다

학교에서 우리는 정답에 대한 요구를 받습니다. 답은 이미 정해져 있어 달달 외워야 하고, 충분히 외웠음을 타인과 겨루어 '누가 더 많이 정확하게 알고 있는가'를 평가받습니다. 그것이 어떤 의미를 갖고 있는지 따질 겨를은 없습니다. 그저 모두가 하나의 기준에 의해 서열화되는 것에 암묵적으로 동의합니다. 이러한 정답 프레임에 지배된 작은 사회(학교)에서 자란 이들에게는 '정답을 말해야 하는 강박'이 자리 잡게 됩니다. 정답을 말하지 못하면, 그에 따른 페널티가 발생하기 때문입니다.

그러나 직장인이 되면 정답은 존재하지 않습니다. '답정너' 방식의 학교에서 벗어나, 직장에서는 답을 누구도 확신할 수 없고, 심지어 통제하거나 관리할 수도 없습니다. 누군가는 이런 상황에 막막함을 느껴 자신감을 잃기도 합니다. 이른바 '오답 포비아(오답 공포증)'가 생기는 것입니다. 이들은 회사가 기대하는 답을 말해야 한다는 강박 때문에, 틀릴 것 같으면 차라리 입을 닫아버립니다.

학교는 철저히 이론에 의해 정답 여부가 가려집니다. 수십에서 수백 년 동안 체계가 잡힌 학문이 있고, 이를 얼마나 익혔는지 알기 위해 시험을 쳐서 줄 세우기를 합니다. 오로지 답은 교과서와 선생님에게 달려 있습니다. 그들이 오답 여부를 판단해주고, 얼마나 우수한지 평가합니다.

직장의 해답은 기반 이론과 기존 업무 경험 그리고 리더의 생각에 의해 가려집니다. 정해진 답이 존재할 수도 있지만, 그 답은 영원한 답이 아닙니다. 그 답을 만드는 과정과 결과가 매번 달라집니다. 그 때문에 뭐가 답인지 모른 채, 숨바꼭질을 자주 합니다. 답을 결정하는 권한은 리더에게 있지만, 리더조차 답을 모르는 경우도 있습니다. 그저 나타난 답이 우리의 비즈니스 목적 및 목표에 부합하길 기대할 뿐입니다.

이런 이유로, 같은 답이지만 학교에서의 답보다 직장에서의 답이 훨씬 모호하고 어렵습니다. 심지어 그 답은 고객의 클릭에 의해 결정되기도 하니, 확실히 무엇이 답이라고 말하기 어려울 수밖에 없습니다. 그야말로 변수로 가득하기 때문입니다. 그렇기에 우리가 직장에서 답을 내기 위해서는 여러 상황에 대한 이해가 뒷받침되어야 합니다. 이는 크게 ① 경제 및 경영상 시장 환경의 이해 ② 대표(리더)가 만든 비즈니스의 밑바탕이 되는 업무상 경험 ③ 리더가 선호하는 답으로 나눠볼 수 있습니다.

위의 내용을 기초로 '현재' 필요한 답을 구하는 것입니다. 단, 업무상 만들어지는 가치^{Input}가 최적의 결과 및 성과^{Output}로 이어질 수 있도록 하는 것이 기본입니다. 즉, 고객을 확보해 매출을 발생시키거나, 비용을 절감할 수 있는 방법 등으로 귀결될 수 있도록 해야 합니다. 이것을 검증 및 증명할 수 있는 비즈니스 원리는 존재하지 않습니다. 인과관계를 살펴 '기대'하고, 그동안의 경험에 의해 추정하여 정리할 뿐입니다. 최종 평가는 결국 고객의 몫이기 때문입니다. 대신에 모든 것은 비즈니스에 기초해야 합니다. 그것이 모든 '답'에 적용되는 가장 크고 검증된 기준입니다.

직장에서의 답도
이론이 바탕이 되어야 합니다

문제는 지금도 대다수의 직장에서 정답을 고르는 기준이 '누군가의 경험'에 근거하는 경우가 많다는 것입니다. 그리고 그 '누군가'는 리더일 가능성이 큽니다. 최소한의 이론적 배경이 되는, 경제 및 경영학에 근거한 정답은 오로지 고객이 갖고 있을 뿐입니다.

직장의 이론은 경영 경제를 구성하는 기본 원리를 바탕으로, 리더가 최초로 만든 비즈니스 모델에 적합한 고객을 구분하는 과정을 거쳐, 이들을 확보하고 관리하는 체제로 점차 고도화됩니다.

이에 따른 비즈니스의 목적과 목표는 고객을 통한 성장입니다. 우리의 고객들이 어떤 행동을 하게 만들어 어느 수준의 매출을 올릴 것인지, 이때 그들이 혹할 만한 가치가 무엇이고, 이를 구현하기 위해 우리가 어떤 업무적 노력을 해야 하며, 어떤 결과물을 내야 하는지를 꾸준히 고객의 눈에서 살피는 것입니다.

그 외에는 조직의 경험을 바탕으로, 정답을 판단할 수 있는 (통제 가능한) 시스템에 의해 목표를 향해 나아가는 결정이 이루어져야 합니다. 경영 및 경제의 검증된 시장^{Market} 위에, '우리만의 고객을 확인하는 방식'이 뿌리를 내리고, 다년간 고객과의 관계를 구성해온 과정 속에서 검증하는 것입니다. 따라서 어떤 업무를 하든지, 우리 조직이 고객에게 제공하려는 무언가를 만드는 데 어떤 기여와 영향력을 행사할 수 있는지 계속 고민해야 합니다.

직장과 학교의 답은 큰 그림에서는 비슷합니다. 둘 다 이론을 바탕으로, 실전의 경험이 쌓여 그들만의 답을 만들어가는 것입니다. 단지 직장에서는 답을 가진 이가 누구이고,

그의 생각이 반영된 의견이 얼마나 타당한지에 따라 정답을 확인할 수 있는 기회가 제공될 뿐입니다.

혹시나 '비즈니스 결과(매출 및 이익 등의 재무적 성과)'를 자신의 성과로 오해하여, 누군가에게 과시하듯이 나의 성과와 업무 실력을 내세워서는 안 됩니다. 이를 만드는 데 얼마나 중심적인 역할을 했는지는 모르지만 고객을 움직이게 만든 것은 혼자서는 할 수 없는 영역이기 때문입니다.

쉽게 말해, 직장 속 정답 메커니즘의 작동 원리는 ① 경제 경영적 거시 미시 환경 변화와, ② 조직의 업무상 경험을 바탕으로 성장의 과거를 반복하기 위한 과정과, ③ 리더가 바라고 원하는 목표 달성의 답을 위한 내부 활동의 화학적 결합을 통해, 가능한 한 현실적인 답을 증명해내는 것입니다.

위의 답이 도출되는 과정을 이해하고, 100% '정답은 없다'는 가정에서 출발하여 꼭 답을 이야기해야 한다는 강박에서 벗어나도록 노력해야 합니다. 또한 그럼에도 가장 정답에 가까운 답을 내기 위해 서로 협력하고 협업해야 함을 잊지 말아야 합니다.

이 과정에서 직무상 직면하는 여러 문제에 대한 해결책을 입증하는 순간들이 모여, 조직의 비즈니스에 밑바탕이 되는 이론적 토대^{Methodology}가 만들어집니다. 여기서 그치지 않고 회사 내부에서 늘 서로 답과 그 답에 대한 적합한, 고객을 설득할 수 있는 논리를 증명해 상호협력적 겨루기를 해야 합니다. 그 답은 당시에만 답이 될 가능성이 높기 때문입니다.

Q 그냥 일인데, 어디까지 노력하고 투자해야 하나요?

A 남이 아니라 나를 위해 일하는 겁니다.

Q 회사에서 계속 '더 열심히 하라'고 강요 아닌 강요를 당하고 있습니다. 그 때문에 회사를 계속 다녀야 할지 말아야 할지 고민이 됩니다.

A 어떤 식으로 '열심히' 하라고 하던가요?

Q 일을 던져주고, 되든 안 되든 최선을 다하라고 합니다. 과도한 목표를 제시받는 것 같기도 하고, 말도 안 되는 방법으로 일을 하라는 것 같기도 하고, 제가 볼 때는 모두 비합리적으로 느껴집니다.

A 처음부터 그렇게 느껴졌나요?

Q 아니요. 그러지는 않았죠. 일에 점점 익숙해지면서, 더욱 높은 수준의 목표와 몰입도를 요구받았던 것 같습니다. 던져준 일을 해내니까, 다시 더 높고 어려운 목표를 제시하고요. 이를 수개월째 반복하다보니, 회사에서 '소방수'로 근무하는 것 같습니다. 어디선가 불이 나면, 그 불을

끄라고 저를 부르는 거죠. 그러다보니, 회사 안에 갇혀 계속해서 조련당하는 기분이 들어 우울해집니다.

A 음, 그동안 누구를 위해 열심히 했다고 생각하시나요? 조직만을 위해서 그런 건가요? 그중에 나를 위해 한 일이나 생각과 행동은 없었을까요? 혹시 지금 회사를 향한 미움 때문에 그동안 잘해왔던 일도 모두 싫어 보이는 것은 아닐까요? 이 질문에 대한 당신만의 답이 필요합니다.

고작 일인데
뭘 그렇게 열심히 해

가끔은 일을 대하는 태도의 시작과 끝의 온도 차가 크게 나타납니다. 시작할 때에는 대부분 어떻게 해서든지 기회를 얻기 위해 노력합니다. 그러나 막상 일을 시작하면, 열심히 하다가도 자연스럽게 요령을 익히며 열심히 하는 '척'에 능통하게 됩니다. 그리고 나중에는 그 '척'을 들키지 않기 위한 최소한의 노력만으로 일을 하곤 합니다.

"저는 아니에요"라고 하는 이들이 많습니다. 하지만 몇 마디 주고받으면 금세 알 수 있습니다. 일의 종류와 상황, 상태에 따라, 우리가 일을 대하는 태도는 변할 수밖에 없습니다. 사람이기 때문에 당연하고, 자연스러운 일입니다. 더 중요한 문제는, 어떤 일을 하든지 처음과는 다른 마음가짐이 되는 데 대해 깊이 생각해본 적이 거의 없다는 것입니다. 같은 일을 오래하면 할수록 오히려 그런 모습이 자연스럽게 느껴집니다. 경험이 쌓이고 요령이 붙었기 때문에, 스스로 힘을 덜 들이면서 일할 수 있다고 믿는 것입니다.

일에 대한 우리의 생각이 바뀐 걸까요? 아님, 일에 익숙해져 소중함을 잊어버린 걸까요? 또는 직장을 얻었다는 안

도감에 마음이 편안해져서 그런 걸까요? 모두 답이 될 수 있습니다. 이런 질문은 의미 없습니다. 결국, 지금 상황을 합리화하기 위한 구실에 불과합니다.

중요한 것은, 다시 진심을 다해 열심히 일을 하는 이유를 스스로 찾아야 한다는 것입니다. 그래야 일을 지속할 힘을 잃어버리지 않을 수 있고, 함께 일하는 이들이 바라는 기대치도 충족시킬 수 있습니다.

◇◇◇

열심히 해야 하는 이유를
엉뚱한 곳에서 찾으며 헤매게 됩니다

여러분께 묻고 싶습니다. 일을 통한 '성장'에 대해 깊이 있는 접근을 해본 적이 있으신가요? 대다수의 직장인들은 일의 시작부터 '하고 싶은 일' 또는 '되고 싶은 나'에서 접근하기보다는 대학 입학 때처럼 점수에 맞춰, 남들 가는 대로, 기왕이면 더욱 크고 유명한 직장에 들어가려 노력합니다. 그러다보니 성장보다는 '경쟁에서 살아남기'에 초점을 맞추곤 합니다.

그 생존의 프레임이 조직이나 업계 내부에 스스로를 가두게 만듭니다. 일이 필요한 이유와 가치에 대해 생각하고,

적합한 우선순위에 맞춰 일을 하기보다는 당장 해야 하는 업무를 처리하는 데만 급급하게 되는 것입니다. 조직도 이런 방식으로 일하는 것을 방조합니다. 빨리 성과를 내야 한다는 이유로 심지어 종용하기까지 합니다. 그러니 올바른 방향을 가지고, 스스로가 그리는 단계에 맞춰 성장해가는 것은 점점 허황된 꿈처럼 느껴집니다. 그러다가 결국 포기하고 내려놓습니다. 일을 통한 성장이 허상일 수도 있다는 생각을 하게 됩니다.

이와 같이 현실적으로 달성 가능하지 못하다고 판단되면, 그저 함께 일하는 이들에게 폐 끼치지 않는 범위 안에서, 만들어야 하는 최소한의 가치, 성과, 결과만 내려고 하고 "이 정도면 충분해"라면서 타협하게 됩니다. 조직 및 구성원의 요구에 의해서만 움직이는 로봇같이 변해가는 것입니다.

위험한 생각입니다. 절대 '그냥 일이니까, 남에게 피해를 주지 않을 정도면 충분하다'라는 마음으로 일하지 마세요. 그러한 안일한 목표가 결국 내 실력을 제한하는 단초를 제공합니다. 그런 생각이 미래의 나에게 씻을 수 없는 오욕을 만들어준다고 하면, 과연 계속 그런 태도를 유지할 수 있을까요? 남에게 피해 주는 것을 싫어하는 만큼, 스스로에게 주는 피해도 최소화해야 합니다. 현 조직에서 일하면서 얻은 경험이 다른 곳에서도 쓰일 수 있는지, 다른 종류의 경험이 더 필요한 것은 아닌지 등을 계속해서 따져봐야 합니다.

남(조직)을 위해서만
일한다고 생각하지 마세요

그중에서도 최악은 조직에 의해 '희생만' 당하고 있다고 생각하는 것입니다. 혹시 그 생각이 착각은 아닌지 되돌아봐야 합니다. 내가 지금 하는 노력(원하는 결과를 위해 새로운 과정을 고민하는 것 등)은 결코 '남에게만 좋은 일'이 아닙니다. 나의 성장을 위한 투자입니다. 적어도 '내가 할 수 없거나, 해도 안 되는 일'이라는 걸 파악하는 것만으로도, 나의 미래를 위해 더 좋은 방향으로 학습이 된 것입니다.

그리고 여기서 한 발 더 나아가 '되기 위해서' 또는 '할 수 있으려면', 추가적으로 나에게 필요한 것이 무엇인지 알 수 있는 눈을 키워야 합니다. 그러면 그 부족한 부분을 메우기 위해, 올바른 성장을 위한 노력을 제대로 할 수 있는 기회를 스스로 만들 수 있을 것입니다.

노력은 투자입니다. 그러나 '노오력'은 비용이라고 느껴집니다. 남을 위한 억지스러운 노오력보다는 '내 성장을 위한 진정한 노력'을 할 수 있도록 일에 가치와 의미 부여하기를 멈추지 마세요. 그리고 이러한 작은 노력들이 뭉쳐, 스스로가 바라는 성장을 위한 밑거름이 되는 것을 의심하지 마세요. 결과도 중요하지만, 그 결과를 위한 과정을 제대로 기획하고 실행할 수 있는 힘을 기르는 것이 직장에서 가져야 할 올바른 성장 경험입니다.

일을 열심히 하는 것은 나와 남을 위한 기본 매너입니다. 또한 그 노력이 '누구를 위한 노력'인지도 분명히 알아야 합니다. 결국 그 노력의 끝에, 쉽게 바꿀 수 없거나 남이 따라 하기 어려운 성취(노하우)가 존재하기 때문에 나에게도 가치가 있는 것입니다.

이 성취는 무엇과도 바꿀 수 없는 나의 경험으로 남습니다. 그 경험들은 희망적으로 일을 해석하고 받아들일 수 있는 힘과 눈을 기르게 해주어 나의 성장을 위한 긍정적인 발판이 됩니다. 이것이 결국 우리가 일을 지속할 수 있는 힘으로 작용합니다.

Q 대충하다가 인생도 대충이 된 것 같아요.

A 직장생활 속 가장 경계해야 할 벌레 '대충'에서 벗어나세요.

Q 회사에서 체계적으로 일하는 법을 배우지 못했고, 스스로 익힐 여유도 찾지 못했어요. 그렇게 연차가 쌓이니 이제는 무슨 일이든 '대충' '빨리' 처리하는 데만 익숙해진 것 같습니다. 항상 눈앞에 놓인 문제를 빨리 해결하고 다음 문제, 또 다음 문제를 처리하다보니 과정을 돌아보거나 정리할 시간을 갖지 못했는데, 이걸 멈추지 못하고 있습니다. 하루하루 일의 결과만 괜찮으면 넘어가다보니, 이제는 모든 일을 '대충'하는 습관이 든 것 같아요.

A 지금이라도 깨달았으니 다행입니다. 일을 하는 습관은 다시 만들면 되지요. 대충이 아니라, 제대로 일하기 위한 나름대로의 절차에 대해 고민하고 실행하는 습관을 들일 수 있도록 노력하면 됩니다.

Q 그렇게 실제로 행하려면 어떻게 해야 할까요?

A 어떤 일이든지 '과정 중심, 단계 중심'으로 생각하고 실

행하는 연습을 하면 됩니다. 큰 단계를 정해놓고, 그 단계 속에서 일의 목적과 목표에 걸맞게 디테일을 만들어가는 것이죠. 대신에, 너무 완벽하게 하려고 하지는 마세요. 일에 대해 생각지 못한 강박이 생길 수도 있거든요. 익숙한 일이라면 힘을 좀 빼고 유사한 결과가 나올 수 있도록 하고, 처음 하는 일에는 '하는 것' 자체에 의미를 둬보세요. 그런 다음에는 그 일이 익숙해질 수 있도록 보다 구조적으로 일을 보고, 힘을 넣어야 할 때와 뺄 때를 구분하면서 점차 자기 통제력을 높이면 됩니다. 그렇게 하다보면 대충 일하는 습관에서 벗어날 수 있습니다.

모로 가도 서울만 가면 된다고 여기다가
추억처럼 일의 결과만 남았어요

우리는 그동안 바라는 결과를 위해 수단과 방법을 구분하지 않았습니다. 그런 성장은 초반 러시에는 잘 통합니다. 어떤 일을 어떻게 하든지 초반의 성장은 눈이 부시죠. 마치 70년대 대한민국 경제 성장 과정 또는 이제 막 시작한 RPG 게임 속 캐릭터처럼 말입니다.

하지만 그렇게 기준도 순서도 무시된 채 경험이 쌓이면, 인생에는 데미지가 남습니다. 어떤 일이든 주먹구구식으로 눈앞의 결과를 좇다보니, 일을 하면 할수록 이전보다 성장이 더뎌집니다. 그리고 성장이 더뎌지면 이전보다 더 좋은 결과를 내기 위해, 더욱 자극적인 방법을 쓰면서 무리를 하게 됩니다.

마주한 일과 관련한 문제를 해결하는 방식은 일에 대한 철학까지 바꿔버립니다. 때로는 과정보다는 결과, 목적보다는 수단이 앞서도 된다는 흐물흐물한 원칙을 갖게 되지요. 모로 가도 서울(목적지)만 가면 되니 말입니다.

어떤 일이든 그렇게 하다보니, 시간이 지나고 나면 그 일의 결과만이 남습니다. 실제 그 일의 결과가 어떤 원인에 의해 나왔는지는 알지 못한 채 말입니다. 분명히 내가 한 일인데도 "어떻게 했지…"하고 미스터리하다는 느낌마저 갖게 되지요. 간혹 꿈에서 했는가 하는 생각마저 듭니다.

일에 대한 철학이 없을 뿐 아니라, 유사한 속성을 지닌 일을 처리하기 위해 최적의 과정을 설계하거나 실행하는 것도 불가능합니다. 재연이 불가능해졌으니, 내가 했다고 증명할 수도 없습니다. 그야말로 진퇴양난입니다.

과정을 등한시하며 결과를 위해 내달렸더니 도무지 실력이 쌓이지 않았던 겁니다. 그러나 어쩌나요. 일단 살아야 합니다. 그래서 주먹구구식으로 일을 진행했던 경험을 바탕으로, '감각'을 동원해서 일을 합니다. 그러면서 일종의 '처세'가 늘어납니다. 이것도 실력이라고 우기는 수밖에 없습니다. 다만, 겉으로 티를 내면 안 되죠. 나만 알고 있어야 합니다.

그렇게 우리는 오래도록 월급쟁이 생활을 이어왔습니다. 그러나 이제 얼마 남지 않았다는 느낌이 듭니다. 어디서부터 잘못되었을까, 곰곰이 생각해보지만 딱히 답은 없는 것 같습니다. 다시 되돌아갈 수도 없고, 평생 숙제처럼 이 문제를 안고 가야 할지도 모른다는 절망감마저 듭니다.

하지만 희망은 있습니다. 이제부터라도 생각을 바꾸고, 바꾼 생각만큼 행동도 바꾸는 겁니다. 대충하는 것만큼 치욕스러운 것은 없다고, 마음속에 새기고, 행동하십시오. 그러기 위해 가장 먼저 신경 써야 할 일이 있습니다. 바로 '디테일Detail'입니다.

◇◇◇

대충하지 않기 위해서는
'디테일'에 집착하듯 일해야 합니다

대부분의 조직은 구성원들에게, 과정보다는 일의 결과를 강조합니다. 여기에 휩쓸려 우리들은 목적보다 수단과 방법을 우선시하게 되고, 결과만을 위한 경주마가 되어갑니다. 그 결과 일을 하는 이유가 '목표한 결과를 달성하는 데 있다'고 각인하게 됩니다. 다시 말하면, 원하는 목표를 달성하지 못하면 모두 무의미하다고 느끼는 것입니다.

일의 결과도 중요합니다. 하지만 이를 실현하기 위해 적절한 과정이 뒷받침되어야 합니다. 비슷한 일을 할 때 다시 재연하지 못한다면 조직에게도 손해입니다. 따라서 일을 하는 순간에는 결과보다는 과정에 비중을 두고 접근해야 합니다. 그리고 일의 방향성에 맞게 일이 진행되고 있는지 단계별로 명확하게 따져봐야 합니다. 혼자 하는 일이 아니라면, 모두가 그러한 원리를 이해하고 임하는지도 수시로 살펴야 합니다. 설령 리더가 아니라도 말입니다.

그래야만 일에 대한 객관적 관점과 공정함이 반영되어, 일을 바라보는 선한 철학과 태도를 지킬 수 있습니다. 이 부분이 망가지면 쉽게 되돌리지 못합니다. 어떤 일이든 결과만을 위해 일하게 되면, 생각지도 못한 데서 통제 불가능한 부작용을 낳을 수 있습니다.

이를 방지하기 위해 '디테일'에 집착하듯 일을 하라는 것입니다. 디테일을 중요하게 여기면 일이 작동되는 핵심 원리를 발견할 수 있는 가능성이 높아집니다. 또한 최상의 결과를 불러오는 원칙^{Rule}을 알게 되면, 그 이후로는 나를 포함한 모두가 그 원칙을 준수하려는 노력을 하게 됩니다.

이제부터라도 일을 할 때, 일의 과정에 대해 접근 가능한 관점을 모두 확인하고 직간접적 관계된 요소와 요인들을 확인하려고 노력하세요. 또한 일이 진행되는 단계에서 기록 가능한 데이터를 꾸준히 관리하고, 이를 통해 업무상 최적화된 비즈니스 루틴$^{Business\ Routine}$을 정립하고 발전시키려고 해야 합니다.

이러한 방식이 개인 및 조직 시스템상으로 정비되었는지 확인하는 방법은 간단합니다. 일에서 얻은 최종 결과로부터 시작했던 단계까지, 인과관계를 고려하여 '복기'하는 것입니다.

그렇게 함으로써 조직은 시스템 정비 및 효율성 개선을 위한 힌트와 해결책을 얻을 수 있습니다. 또한 개인은 이를 꾸준히 연습하면, 회사가 제공하는 일의 원리로부터 나만의 방법론을 만들어 적절한 노하우를 쌓고, 전문성을 기를 수 있습니다. 그것이 진정한 디테일을 갖춘 생존 가능한 직장인의 모습이자, 어디에서든 자신만의 길을 개척해나갈 당신의 모습입니다.

Q 일을 하면서 점점 자존감이 바닥을 치는 것 같아요.

A 일로써 신뢰를 얻고, 행복을 발견하는 눈을 키우면 실력과 자존감 모두 지킬 수 있습니다.

Q 올해 입사한 새내기 직장인입니다. 어떤 일이든지 앞에 나서서 이끌어가는 걸 좋아하는 타입이라 아르바이트를 할 때 칭찬을 많이 받았는데, 새로 들어온 회사에서는 업무 태도에 지적을 많이 받아서 혼란스럽습니다. 무엇보다 자신감이 많이 사라져 일에도 점점 악영향을 미치는 것 같습니다.

A 업무 태도에 대한 지적은 어떤 것이 있었나요?

Q 일을 할 때 나름대로 제 의견을 많이 피력하는 편인데, 의견을 내는 것보다 먼저 수시로 윗사람에게 보고하라는 지시를 받았습니다. 하지만 어디서부터 어디까지 보고를 해야 할지 모르겠고, 지적을 받은 이후로는 또 틀렸다는 말을 듣게 될까 두렵습니다. 요즘은 일을 하면서도 계속 내가 하는 게 맞는지 의심이 들어서 도무지 진척이 되지 않을 때가 많습니다.

A 혹시 성격이 급한 편이신가요? 그리고 어떤 일을 할 때, 주도적으로 처리하는 것을 좋아하고, 무언가를 결정짓거나 결론내리는 것을 선호하는 편인가요?

Q 매번 그런 것은 아니지만, 제가 옳다고 생각하는 방향대로 일을 처리하면 마음이 더 편하긴 합니다.

A 네, 그것이 '일하는 스타일'입니다. 그런데 이제 막 입사한 회사에서는 내 마음처럼 일을 할 수 없습니다. 왜냐하면 일에 대한 본인의 경험이 '충분하지 않고', 게다가 일을 믿고 맡길 만큼의 신뢰가 내부에서 '쌓이지 않았기' 때문입니다. 그러니, 우선은 회사가 제시하는 방법부터 몸에 익을 때까지 시도하고 도전해봐야 합니다. 그렇게 하면서 신뢰를 쌓고, 내가 할 수 있는 일의 범위가 넓어지기를 기대하는 것입니다. 지금의 경험은 빨리 성장하고 싶어 겪는 '성장통'이니, 안심하세요.

자신감과 실력은 관계가 없습니다
오히려 '자존감'에 주목해야 합니다

일을 처음 시작한 사람은, 해당 분야에 대한 경험 부족 때문에 일시적으로 자신감이 결여되곤 합니다. 조직 내에서 일은 혼자서만 하는 것이 아닙니다. 함께하는 중에 혼자 하는 일이 있는 것입니다. 함께하는 일에서 보이지 않는 연결고리까지 알아차리려면 충분한 경험이 있어야 합니다. 하지만 시간이 지나도 자신감이 상승하지 않는 경우가 있습니다. 한번 하락한 자존감이 다시 좋아지지 않는 경우입니다.

단단하지 못한 자존감 때문에 스스로를 깎아내리고, 내가 틀렸다는 생각으로 무언가를 시도하는 것조차 두려워질 수 있습니다. 직장생활도 정신력이 중요합니다. 남을 이기기 위해서가 아니라, 남 또는 자신에게 '지지 않기' 위해서 말입니다. 그것이 나를 가장 존중하는 길입니다.

- 자신감^{Confidence}: 어떤 일을 스스로의 능력으로 충분히 감당할 수 있다고 믿는 마음
- 자존감^{Self-esteem & Self-motivated}: 스스로 품위를 지키고, 자기를 존중하는 마음

자신감은 무언가를 '할 수 있다, 혹은 없다'를 결정하는 마음입니다. 자신이 꾸준히 해왔던 일이나 해본 일이라면 당연히 잘할 수 있다고 생각합니다. 그런데 여기서 문제가 하나 발생합니다. '잘'이라는 수식어는 개개인에 따라 평가 기준이 다르기 때문에, 자존감이 결여되는 상황이 오면 자신 있게 스스로를 드러내지 못하게 되는 것입니다. 만약 직장에서, 처음에는 자신 있게 나섰다가도 비참하게 깨지는 일이 반복된다면, 또한, 나섰다가 겸손하지 않다고 질타를 받는다면 그 사람의 자신감은 하락할 수 있습니다.

따라서 '쫄지 않는' 단단한 자존감이 바탕에 필요합니다. 탄탄한 자존감이 자신을 감싸고 있어야 자신감 있는 태도를 지속적으로 보일 수 있고, 이를 실제 실력으로 증명하고 발전시킬 수 있습니다. 다시 말해, 실력의 절대적 최저 평균값을 결정하는 것이 '자존감'이라고 볼 수 있습니다. 어떤 상황에서든 성장하려는 의지를 가지고 당당하게 행동하는 데는 자존감이 기반이 됩니다.

자존감을 가지기 위해서는 '나는 온전히 나로서 존중받을 만한 가치가 있다'는 생각이 있어야 합니다. 타인의 평가는 참고만 할 뿐, 누구에게도 휘둘리지 않고 나 그리고 함께하는 이들의 성장을 위해 노력하면 됩니다. 여기에 겸손을 얹어, 실력을 발휘할 기회가 왔을 때 실제 본인의 실력을 입증할 수 있도록 꾸준한 연습을 하는 것입니다.

그런데 그 연습은 '내'가 잘하기 위함도 있지만, '우리'가 잘하기 위한 것이 중심이 되어야 합니다. 그것이 일에 대한 프로페셔널한 생각과 충분히 단련된 태도가 담긴 모습입니다.

자존감의 최저점을 높이기 위해
'나를 발견하는' 질문하기

위에서 알 수 있듯이, 자존감은 내 실력을 나타내는 최저점입니다. 그러므로 자존감이 하락했다면 그 원인을 찾아 제거하고, 자존감을 높이기 위해 노력해야 합니다. 내가 진정으로 원하는 것이 무엇인지 탐색하고 발견해나가는 과정에서 자존감을 높일 수 있습니다.

① 당신이 좋아하는 것, 관심 있는 것, 잘 알거나 할 수 있는 것은 각각 무엇입니까?

② 그중에 좋아 보이는 것^{Like}과 좋아하는 것^{Love}은 무엇입니까?

③ 좋아하는 것 중에 포기할 수 없는 것은 무엇입니까?

④ 이를 어떤 기준으로 나누었습니까? 다른 것에도 보편적으로 적용 가능한 기준입니까?

⑤ 적용 가능한 영역과 그렇지 못한 영역이 있다면, 무엇이고 그 이유는 무엇입니까?

⑥ 첫 질문에서, 세 부류의 공통점과 차이점의 분석을 통해 어떤 것을 발견할 수 있습니까?

⑦ 공통점 중에 혹시 단점은 없습니까? 그렇다면 그것을 단점으로 꼽는 이유는 무엇입니까?

⑧ 현재와 내가 바라는 이상형은 어떤 부분에서 얼마나 차이가 있다고 생각하십니까?

⑨ 내가 가진 영역 중에 어떤 부분이 이상형에 가깝다고 생각하십니까?

⑩ 부족한 부분은 무엇이고, 이를 메우기 위해 어떤 노력이 필요하다고 보십니까?

⑪ 이상형에 가까워지기 위해, 어떤 노력을 했고, 이때 성공과 실패는 무엇이었습니까?

궁극적으로는 위의 질문을 하는 과정에서 자연스럽게 내가 진정으로 바라는 '인생의 목적(지향점)'이 무엇인지 알 수 있습니다. 지금 당장 정할 수 없다면 어떤 이미지들이 떠오르는지에서 힌트를 얻을 수 있습니다. 이를 자존감을 높이는

데 활용하면 좋습니다. 누군가를 막연히 따라하거나 좇기보다는 나다움을 통해 무언가를 보여줄 수 있다는 것에 확신을 갖고, 꾸준하게 연습하며 갈고닦는 것입니다. 자신이 가장 중요하게 생각하는 욕구 및 욕망을 채우면서, 크고 작은 여러 활동을 통해 자신이 바라는 모습에 동기를 부여하며 계속해서 나아가는 것입니다.

자존감이 떨어졌다고 느낀다면, 하락한 자존감을 정상 범주로 올리는 활동이 필요합니다. 그다음 단계가 유지하고 발전시키는 것입니다. 그래야만 실력도 함께 올라갈 수 있습니다. 건강한 자존감이야말로, 내가 원하는 일로 성장할 수 있는 기회를 만들어줍니다. 그것이 진짜 '커리어'입니다. 꾸준한 성장을 도모하는 노력과 의지가 수반되어야 진짜 자신의 커리어를 쌓아가고 있다고 할 수 있습니다. 그러니, 가장 중요한 '자기 자신'을 잃지 않도록 명심하세요.

Q 퇴근하면 녹초가 돼서 다른 일을 하기 어려워요.

A 나를 잃으면서까지 회사를 위해 최선을 다하지 마세요.

Q 이 회사를 다닌 지 이제 막 2년이 됐어요. 새로운 일에 도전하고 싶어 전공과는 관련 없는 직종을 찾다가 온라인 마케팅 쪽으로 왔습니다. 회사가 엄청나게 바쁘게 돌아가서, 처음 1년간은 일을 배우는 데 급급하고 다른 생각을 할 겨를도 없었던 것 같아요. 그냥 새로운 곳에 취직을 한 게 좋았고, 경험이 없다보니 그저 열심히 배우는 자세로 임했는데, 계속 일이 몰아치고 조금도 여유 없이 회사와 집을 오가며 항상 바쁘게 지내다가 얼마 전 번아웃이 왔어요. 평소 친구들을 만나 수다 떠는 것을 좋아하는데, 정말 아무것도 하고 싶지가 않더라고요. 요즘은 좀 나아졌지만, 감정의 기복이 생겨 가끔은 스스로가 컨트롤이 되지 않습니다. 물론 분노조절장애 뭐 그런 것은 아닙니다. 단지, 그 이후로 회사를 다니는 게 너무 힘들고, 좋아하는 일도 하기 싫어졌어요. 회사를 그만두고 싶은데 그렇다고 뭔가 뚜렷한 대책이 있는 것도 아니라서 꾸역꾸역 다니고 있어요. 요즘은 어떤 것에도 흥미를 느끼지 못해서, 이렇게 계속 지내도 되나 싶은데… 어떻게 해야 하죠?

A 몸과 마음이 지치다 못해 아프기까지 하다면, 쉬어야 합니다. 대신 좀 여력이 있다면 지금 상태가 정확히 어떤지 스스로 진단해보고, 얼마나 쉬어갈지 무엇을 하면서 쉬어갈지 고민해보길 권합니다. 무턱대고 퇴사를 했다가는, 더 큰 죄책감과 괴로움을 느낄 수도 있기 때문입니다. 나름의 원리와 원칙을 정해 몸과 마음을 쉬게 한다면, 분명히 지금보다 훨씬 나아질 수 있을 겁니다.

Q 지금의 제 상태를 어떻게 진단할 수 있을까요?

A 제가 말씀드리는 19가지의 잠재적 퇴사자 징후 중에 어디에, 얼마나 해당되는지 먼저 한번 살펴보세요. 그다음 계속 이야기하시죠.

번 아웃이 심하면
삶의 이유까지 잃어버리게 됩니다

"회사만 다녀오면 피곤해요."

"아무것도 하기 싫고, 그냥 쉬고만 싶어요."

이런 분들이 과연 '육체적'으로 자신의 힘듦을 말하는 것일까요? 그렇지 않습니다. 이들은 마음에 병이 들어 새로운 선택을 할 에너지, 혹은 그러한 에너지를 새롭게 만들 수 있는 회복탄력성 시스템에 고장이 난 상태일지 모릅니다.

저를 찾아오는 많은 분들이 일에 대한 고단함을 호소합니다. 회사를 옮기지 않는 한, 하던 일을 바꾸지 않는 한 어쩔 수 없는 것이 대부분입니다. 그렇다고 무작정 퇴사나 이직을 권유하지는 않습니다. 그 방법으로 현재의 문제가 완벽하게 해결되지는 않기 때문입니다. 지금의 자리를 유지한 채 먼저 자신을 객관화해보고, 지금보다 더 좋은, 각자가 원하는 방향으로 나아갈 수 있는 단계를 수립한 뒤, 스스로 관리할 수 있는 기준을 함께 만들어나갑니다.

그러나 모두에게 그렇게 권할 수는 없습니다. 모두 비슷한 문제를 안고 있는 것처럼 보이지만, 실제로는 각각 다른 상황에 놓여 있기 때문입니다. 간혹 당장 퇴사를 해야 하는 분들이 있습니다. 그분들은 적절한 리프레시와 힐링 활동을 통해 몸과 마음을 회복해야 합니다. 현재의 삶을 유지하는 것조차 힘든 상태이기 때문입니다. 그분들은 일을 해야 하는 이유를 잊었고, 심각하면 삶의 이유까지 잃어버릴 가능성이 있습니다.

잠재적 퇴사자의 증상 및 징후
당신은 19가지 중 몇 가지나 해당하시나요?

1. 퇴근하고 집에 오면, 아무것도 하고 싶지 않다.

그냥 아무것도 하기가 싫다. 심지어 씻는 것, 먹는 것조차 의욕이 생기지 않는다. 집에 오면 그냥 침대에 눕고 싶을 뿐이다. 몸에 기운이 하나도 없는 상태가 다음 날 아침까지 이어진다.

2. 다음 날 회사 가는 것 자체가 공포로 다가온다.

방금 퇴근하고 나왔지만, 다음 날 회사에 가면 해야 할 일들이 벌써부터 공포스럽다. 회사 일의 모든 책임이 나에게 있지는 않지만, 확실한 내 업무 범위의 책임조차 짊어지기 싫다.

3. 삶의 궤도에 회사와 집 이외의 장소가 거의 없다.

주중에는 집과 회사 이외에 다른 곳을 거의 가지 않고, 가려는 시도조차 하지 않는다. 특별히 새로운 무언가를 하고 싶은 생각이 들지 않고, 전부 귀찮다.

4. 출근할 때 회사가 아닌 다른 곳으로 가는 상상을 자주한다.

직장인 누구나 하는 엉뚱한 상상일 수 있다. 문제는 이런 상상을 너무 자주 한다는 것. 이런 생각이 머릿속을 떠나지 않고 출근할 때마다 반복된다.

5. 분명히 쉬운 일이었는데, 그 일이 어렵거나 버겁게 느껴진다.

수개월 혹은 몇 년에 걸쳐서 해왔던 일이다. 지금의 행동으로 어떤 결과가 나올지, 그러기 위해 어떤 과정을 거쳐야 하는지 잘 알고 있다. 하지만 그게 되질 않는다. 나타날 다양한 변수에 적절히 대응할 수 있을지 의문스럽다.

6. 점심시간을 혼자 보내는 날이 많아진다.

점심시간만이라도 혼자 있고 싶다. 밥을 먹기도 싫고, 같은 팀 동료 혹은 상사들과 어울리는 것이 거북하다. 업무의 연장, 회의의 연속된 현장에서 이야기하는 것이 고통이다. 그들과 마주 앉아 밥을 먹느니 차라리 굶겠다는 생각이 든다.

7. 함께 일하는 사람들이 점점 미워진다.

그들은 아무런 죄가 없다. 각자 자신의 일을 묵묵하게 하는 중에 나를 포함한 다른 사람들과 부딪힐 뿐이다. 머리로는 이해가 된다. 그들이 왜 열을 내면서 일을 하는지 말이다. 그런데 꼭 그렇게까지 해야 하는지 의문스럽다.

8. 퇴근 시간에 '멍 때리는 일'이 잦다.

겨우 퇴근 시간이 왔다. 하지만 퇴근 시간은 또 다른 지옥 같다. 내일 해야 할 일, 쌓여 있는 일들이 발걸음을 무겁게 만든다. 아무것도 생각하기 싫어서 일과는 전혀 관계없는 활동을 해보지만, 집중이 안 되어 금세 집어치우게 된다.

9. 지금 하는 일이 막막하게만 느껴진다.

산더미처럼 쌓여 있는 일에 대한 부담 때문일까. 모든 것이 막막하게 느껴지고, 전부 부질없다는 생각이 든다. 일을 통해 얻는 역할과 책임, 달성해야 할 목표 등을 과연 내가 감당할 수 있을지 자신이 없다.

10. 일을 잘해야겠다는 생각이 전혀 들지 않는다.

일을 잘해내야 할 이유가 없다. 이 일은 내가 아니라 오로지 회사를 위한 것이다. 회사는 나에게 맹목적 희생을 바라

는 것 같다. 언제 그만둬도 이상하지 않지만 다음 달 카드값
이 무서워 사표를 던지지도 못한다.

11. 주말에도 다른 일을 못하고, 그냥 집에 있는 날이 많다.

회사 일 때문에 주중에 너무 바빠서 그런지, 주말에는 다
른 활동을 할 엄두가 안 난다. 온종일 먹고 자기를 반복하면
서 주말을 흘려보낸다. 이렇게라도 하지 않으면, 도무지 회사
를 다닐 힘이 안 날 것 같다.

12. 자신의 선택을 후회하고 있다.

돌이켜 생각해보니, 지금의 회사 그리고 이 일을 택한 것
은 나였다. 후회가 물밀듯이 밀려온다. 그 후회로 인해 지금
의 일이 더욱 싫어진다. 그 일을 선택한 나도 싫어진다. 내
발등을 찍은 것은 결국 나였다.

13. 지금의 일과 회사 선택을 권유한 이들을 원망하고 있다.

귀가 얇아서인지 그들의 말이 설득력 있었는지 알 수 없
지만, 당시에는 조건이 나쁘지 않게 느껴졌고 전망도 좋았
다. 하지만 지금은 모든 것이 불투명하다. 이제는 어떤 일에
도 용기가 나질 않는다. 그들의 말을 듣지 말걸 그랬다.

14. 일은 그냥 돈벌이 수단, 이외에 다른 목적은 없다.

예전에는 단순히 돈을 버는 것 말고도 일에 다른 가치가 있다고 믿었다. 하지만 여러 더러운 꼴(?)을 본 이후부터 '그냥 돈이나 벌자'라는 마음뿐이다. 오늘도 월급날만 하염없이 기다린다.

15. 여행 계획을 세울 때가 그나마 가장 신이 난다.

그래도 차곡차곡 돈은 모았다. 돈을 모으는 이유는 많지만 그중 최고는 여행이다. 여행을 가면 잠시나마 해방된 기분이다. 그래서 늘 취미처럼 여행 계획을 세운다.

16. 어떻게 하면 지금의 삶에서 벗어날지 고민조차 하지 않는다.

이렇게라도 사는 내가 대견하다. 딱히 뾰족한 수가 없기 때문에 여행 계획과 매주 사는 로또가 유일한 위안이다. 그냥 이렇게 사는 것이 나의 운명일지 모르겠다.

17. 삶에 대한 의욕이 거의 제로(Zero)에 가깝다.

회사와 집을 오가는 지루한 일상 때문에 삶의 의욕은 제로에 가깝다. 주변에서 새로운 무언가를 해보라고, 혹은 같이하자고 말하지만 좀처럼 구미가 당기지 않는다.

18. 일상 속 쉬운 결정도 못하고 망설이게 된다.

짜장면 vs 짬뽕 혹은 PC방 vs 당구장 등 일상 속에서 결정을 해야 하는 순간이 두려워진다. 혹시 내가 한 결정으로 인해 누군가 피해를 입을지 모른다는 생각에 사로잡히기도 한다. 그냥 아무 결정도 하기 싫고, 책임도 지기 싫다.

19. 그냥 회사고 뭐고 다 싫다.

내 일상을 이루는 것 중 소중하다고 느끼는 것은 가족 말고는 없다. 가끔은 가족도 버겁다. 다른 말이 필요 없다. 그냥 다 싫다.

위의 증상(생각 및 태도)들은 죽을 정도로 아프거나 당장 전문적 치료를 요하는 것은 아닙니다. 하나하나 살펴보면 그렇게 심각해 보이지도 않습니다. 그러나 위의 선택지 중 10가지 이상, 나아가 15가지 이상의 경우에 해당된다면 이야기는 달라집니다. 이것들이 복합적으로 뒤엉켜 평정심을 흔들고, 일상생활을 유지하기 힘들게 만들기 때문입니다.

정도의 심각성은 개별적으로 다르게 판단할 수 있습니다. 그러나 생각보다 오래도록 위의 상태가 지속된다면, 자존감이 회복 불가능한 수준으로 심각하게 훼손될 수 있습니다. 그만큼 여러 방면에서 전체적으로 정신력이 하락한 상태라고 볼 수 있습니다.

이런 심각한 상황에 처해 있는 분들에게는 당분간의 경제적 어려움만 없다면, 퇴사를 적극 권유합니다. 그 고통에서 벗어나는 것만으로도 스스로의 회복탄력성에 의해 일정 부분 회복이 가능하기 때문입니다.

그렇지 않은 경우라면, 대부분 현재의 일상을 유지할 것을 권유합니다. 일을 그만둠으로써 지금의 문제를 해결하는 것은 가장 극약 처방이기 때문입니다. 단순히 현재의 상황을 회피해버리면, 언제든 다시 암울한 상태로 돌아갈 수 있습니다. 근본적인 문제를 찾아 개선하는 것이 필요합니다.

위기를 기회로 바꾸는 노력을 해야 합니다

분명 위기는 왔습니다. 그 위기는 금세 지나갈 수도 있지만, 점차 더 크고 뼈저리게 느껴질 수도 있습니다. 그럼, 어떻게 대처해야 할까요? 일과 사람 그리고 비즈니스에 대한 바른 관점을 확립하고, 습관화하는 방법뿐입니다. 일명, 일에서 받는 고통을 극복하기 위한 '관점 바꾸기' 프로그램입니다.

과거부터 현재까지 내가 겪은 일과 해온 일을 객관적인

관점에서 바라보고, 고통받는 원인이 무엇인지 파악하십시오. 그리고 그 원인을 나에게서 도려내기 위해 꾸준히 노력해야 합니다. 지금까지 해왔던 일의 과정과 결과를 체계적으로 정리하고, 과정 중에 저질렀던 실수를 다시 하지 않기 위해 힘쓰는 것입니다.

아무 계획 없는 퇴사는 바람직하지 않습니다. 퇴사도 이직도 나름의 전략이 있어야만 잘 실현할 수 있습니다. 어쩌면 그저 약간의 여유와 회복할 만한 적절한 쉼이 필요한 타이밍인지도 모릅니다. 그래도 나를 지치게 하는 원인은 확실히 파악해야 합니다. 그럼 같은 이유로 지치는 일은 더 이상 없을 것입니다.

2장

일과 나 사이 적절한 균형을 잡는 법

Q 일하면서 성장하고 있는지 의심이 듭니다.

A 그동안 해온 일을 바탕으로 '진정 내가 얻고자 하는 모습'
이 무엇인지 살펴보세요.

Q 그동안 여러 직장에서 일을 해왔습니다. 그럼에도 불구
하고, 성장을 했는지 잘 모르겠습니다. '무엇을 잘하게
되었고, 그걸로 어떤 일을 할 수 있게 됐는지' 확실히 말
할 수 없습니다. 앞으로도 이렇게 일을 계속하자니 좀 막
막합니다.

A 혹시 여러 경험 중에 스스로 진정으로 원했던 경험이 있
나요? 하고 싶었던 업무는요?

Q 글쎄요. 지금으로서는 딱히 떠오르지 않습니다. 그저 주
어지는 대로 열심히 했고, 기한 내에 회사가 원하는 퀄리
티를 내기 위해 최선의 방법을 연구하고 이를 발전시켰
습니다.

A 그렇다면 그 과정과 발전된 결과물에 대해서는 스스로
자부심을 갖고 있겠네요? 그래도 내 손을 거쳐 무언가가
나왔을 테니까요.

Q 그것도 잘 모르겠습니다. 제 생각과 의지를 담기보다는 회사를 만족시키기 위해 노력했던 것 같아요.

A 그렇군요. 일할 때는 조직이 기대하는 것과 자신의 의지로 만들어내는 결과물 사이에서 나름의 타협이 필요합니다. 보통은 조직이 바라는 것을 내어주고 연봉을 얻는 것으로 나도 만족할 수 있다고 생각하지만, 중장기적으로는 그것만으로는 충분하지 않습니다. 지금 본인의 성장에 대한 의심 어린 질문을 하는 것도 이런 이유 때문이죠. 이러한 의심을 해소하기 위해서는 커리어를 바라보는 관점의 변화와 함께, 달라진 관점을 실제로 실천하려는 노력이 필요합니다. 일을 대하는 태도 역시 달라져야 하겠지요.

얼마나 성장했는지 알기 위해
나에게 해야 하는 21가지 질문

우리는 직장에서 다양한 경험을 하며 성장을 합니다. 그 성장에는 단순히 직업적 특성 때문에 나타나는, 퇴보로 보이는 신체적 변화뿐 아니라(맨날 앉아만 있어 배만 나온다든지 하는), 긍정적인 생각의 확장이나 발전도 있습니다. 적어도 유사한 계통의 업무를 최소 3년 이상 했다면 기대할 수 있는 부분입니다.

이런 성장은 구체적으로는 표현할 방법이 부족합니다. 분명히 지금의 일에 과거보다 빠르게 처리할 수 있는 스킬과 테크닉이 생겼음에도 불구하고, 그다지 크게 자신감은 붙지 않습니다. 가끔은 앞이 막혀 있거나, 막연하게 누군가의 지시에 의해 움직인다는 느낌이 들기도 합니다. 제자리걸음을 하는 듯한 생각도 들지요.

이러한 상황에 놓인 분들이 스스로에게 해봐야 하는 것이 아래의 질문입니다. 해당 질문에 데이터나 사실에 기반한 명확하고도 논리적인 답을 낼 수 있어야 합니다. 만약 그럴 수 없다면 그간의 업무에서 성장하거나 개선하고자 하는 의지가 없었을(수동적 태도로 일관했을) 가능성이 큽니다.

방향성

① 회사를 다니기 전과 비교했을 때, 현재 어떤 변화가 있다고 생각하시나요?

② 그중에 내 마음에 드는 변화는 무엇이고, 그 이유는 무엇인가요?

③ 그중에 마음에 들지 않는 변화는 무엇이고, 그 이유는 무엇인가요?

④ 마음에 들거나 들지 않는 변화를 내가 바라는 커리어와 연결시켜봤나요?

⑤ 미래의 내 커리어와 연결성이 떨어지는 경험이 있다면, 왜 그렇게 생각하시나요?

⑥ 미래의 커리어와 연결성이 짙은 경험이 있다면, 더욱 발전시키기 위해 어떤 노력을 해왔나요?

⑦ 지금까지 나타난 변화는 어떤 업무 경험들로 만들어졌다고 생각하시나요?

⑧ 커리어에 대한 내 생각과 의지를 구체화하고 적용하는 데, 어떤 사건의 영향이 컸다고 보시나요?

⑨ 그동안 해왔던 업무 중에 그 과정에서 지속적으로 효율성을 추구했던 업무 경험이 있다면 무엇인가요?

⑩ 일회성이라 해도 괜찮습니다. '문제 해결을 위해 노력했던 업무' 중 가장 기억에 남는 것은 무엇인가요?

⑪ 그 과정에 나의 생각과 의지는 얼마나 담겨 있다고 보시나요?

⑫ 효율화를 위해, 혹은 문제 해결을 위해 노력했던 나를 돌이켜 볼 때, 당시 나의 생각과 의지는 얼마나 반영되었나요? 그리고 그 이유는 무엇일까요?

⑬ 이를 통해 발전한 나의 생각, 스킬 또는 테크닉이 있다면 무엇인가요?

⑭ 이때 각 업무에 대해 조직이 요구한 부분을 얼마나 이해하고, 어느 정도로 수용하려고 했나요?

⑮ 근무한 곳이 여러 직장이라면, 각 직장마다 들어갈 때와 나올 때의 내 모습을 비교했을 때 얼마나 달라졌다고 생각하시나요? 그리고 각 직장에서 그 변화를 만든 주요 업무 경험은 무엇인가요?

개인적 노력

⑯ 조직에서 수행한 업무 외에 개인적으로 노력한 것은 어떤 것
이 있나요? 이를 행했던 이유는 무엇이며, 얼마나 도움이 되었
다고 생각하시나요?

⑰ 그 노력은 직장 및 업무와 어떤 연결성이 있다고 보시나요? 또
는 미래의 커리어와 어떤 연결성이 있다고 생각하시나요?

⑱ 본인의 성장을 위해 주로 사용했던 방법은 무엇이고, 그 이유
는 무엇인가요?

⑲ 본인의 성장을 위해 누군가와 소통을 했다면, 그 사람은 누구
이고 무엇 때문에 그를 선택했나요?

최종 결산

⑳ 업무 내외의 경험으로 나의 성장 추이를 객관화할 수 있는 '커
리어 히스토그램$^{Career\ Histogram}$'을 그릴 수 있나요? 있다면, X축
과 Y축을 무엇으로 기준을 잡고 분류할 수 있을까요? 그리고
나의 성장 곡선은 우상향한다고 볼 수 있을까요?

㉑ 만약 지금이 정체기라면, 이를 돌파하기 위해서 필요한 단기 및
중장기 조치는 무엇이 있을까요? (이중 가장 먼저 해야 할 것과
나중에 해도 될 것을 분류해보고, 하나씩 실천에 옮겨야 합니다.)

개인별로 할 수 있는 질문은 위의 21가지 말고도 더 많을 것입니다. 적어도 위의 질문만이라도 스스로 해보고 납득할 만한 답을 내릴 수 있다면, 지속 가능한 성장을 위해 '잃어버린 방향' 또는 내가 나아가야 할 '다음 단계'에 대한 힌트를 얻을 수 있을 것입니다. 그다음으로는 그것을 실제로 증명하기 위해 어떤 노력을 할지도 살펴봐야 합니다. 어쩌면 위의 질문에 확실한 답을 찾는 것부터가 '진짜다운 노력'이라고 말할 수 있을지도 모릅니다.

나의 성장의 방향을 위해 업무적으로, 개인적으로 어떤 노력을 해왔는가

그동안 어떻게 일해왔든 노력한 순간에 대해서는 스스로를 인정할 수 있어야 합니다. 누구나 처음에는 확실한 계획이나 목적 없이 커리어를 시작합니다. 그 끝이 어떤지, 또는 어떤 모습이 되고 싶은지에 대해 확신을 갖고 접근하고, 이를 꾸준히 이어가는 사람은 드뭅니다.

대부분은 쉽게 접근 가능한 직장생활부터 시작하기 때문입니다. 그렇게 하면서 다양한 경험을 쌓고, 그 안에서 지속하며 꾸준히 노력하는 과정을 배워갑니다. 그리고 원하는 결과를 위해 스스로 무엇을 해야 하는지 알게 되는 힘을 얻으며, 주변 요소들로부터 지속할 수 있는 힘의 원천을 발견하기도 합니다.

그렇기에 저는 '일을 오래도록 이어가는 것'에 우선 초점을 맞춰야 한다고 말합니다. 이를 더욱 단단하게 만들기 위한 방법이 위의 질문입니다. '커리어를 통해 진정으로 내가 얻고자 하는 모습'이 무엇인지 확고히 정리하면서 살펴보는 것입니다. 그동안 나의 이력상의 발자취를 살펴보고, 이를 일정한 기준으로 분류하여 정리하면서, 앞으로 어떤 경험과 노력이 나를 더욱 원하는 방향과 단계로 성장시킬 수 있을지 가늠해보는 것입니다.

내가 바라는 나의 구체적인 모습(지금의 커리어를 이어나가서 마침내 되고 싶은 나의 모습)은 계속 변화할 수 있습니다. 단, 과거의 나를 버리고 결정할 수 있는 커리어상의 선택은 많지 않습니다. 따라서 그동안 쌓아왔던 커리어 속 나를 믿고 눈앞의 한두 단계를 선택하는 것이 가장 안전하고 확실합니다.

'커리어 히스토그램Career Histogram'이란, 그동안 쌓은 경험을 일정한 기준(업무량과 기간, 종류 등)에 따라 분류하고, 이들의 물리적, 화학적 결합이 어떤 가치를 담고 있는지 표현하는 것입니다. 자기만의 커리어 히스토그램을 그려보면, 과거부터 현재까지의 이력을 기준으로, 미래에 이르는 경력까지 예상해볼 수 있습니다. 그려보면 압니다. 내가 어떤 경험을 했고, 얼마나 노력했으며 어떤 성장을 했는지 말이죠. 양과 질, 어느 쪽이든 내가 성장했다고 말할 수 있는 몇몇의 증거를 발견할 수 있을 것입니다. 그리고 그 증거는 내가 하는 일에 대한 자신감과 자존감을 높여줄 것입니다.

만약 어떠한 방향도 없이 지금에 이르렀다면, 이제부터 정하면 됩니다. 지금까지 해왔던 방향을 고수할 것인지, 혹은 바꿀 것인지 말입니다. 내 커리어의 주체성이 발휘될 수 있는 시장과 업계를 파악하고, 내가 원하는 방향과 현실적인 목표를 다시금 점검해보세요. 그리고 거기에 추가하면 좋을 경험이 무엇인지도 생각해보면 좋습니다.

일에 대해 자존감과 자신감이 하락했다면, 이 질문들에 대답하며 회복할 수 있을 겁니다. 모든 동기부여Motivation는 나로부터 시작됩니다. 잠시 누군가의 도움을 받아 일어설 수도 있지만, 지속하게 만드는 것은 자기 자신이라는 사실을 꼭 기억하시길 바랍니다.

Q 대표님이 자꾸 주인의식을 가지래요.

A 주인의식을 가질 필요는 없습니다. 다만 일에 대한 충성심은 가지려고 해보세요.

Q 전 직원이 30명이 채 안 되는 작은 회사에 다니고 있습니다. 대표님은 자꾸 모든 직원들에게 주인의식을 가지고 일하라고 말합니다. 대표님은 뭐, 본인 회사니까 매일 새벽같이 출근해서 야근을 하고 주말에도 일하는 것이 즐겁겠지만, 저는 업무시간에 제 할 일을 하는 것만으로 충분하다고 생각하거든요.

회사에 큰 불만은 없습니다. 다른 회사에 비하면 업무 분위기도 좋고, 대표님도 인간적인 편이거든요. 하지만 저는 회사는 회사일 뿐이라고 생각하고, 그냥 월급을 받는 만큼만 하면 된다고 생각하는데, 제가 틀린 걸까요?

A 사실 규모가 크든 작든 거의 모든 회사에서는 귀에 못이 박히도록 직원들에게 "주인의식을 가지라"고 말합니다. 그런데 과연 주인의식이 이렇게 말로 한다고 생기는 것일까요? 근본적으로는, 대표님은 주인의식[Ownership]을 요구하고 있지만 실제로는 충성심[Loyalty]를 바라는 것이 아닌지 생각해볼 수 있겠네요.

많은 회사의 오너들이 주인의식과 충성심을 혼동합니다. 직장에서 우리는 회사에 대한 주인의식을 가지기보다는, 일에 충성을 다하면 됩니다. 이 둘을 정확히 구분 짓고 사용하며, 나만이 가질 수 있는 전문성에 대해 고민해야 하지요. 동시에 회사에도 일과 관련한 요구를 제대로 할 필요가 있습니다.

주인의식^{Ownership}과 충성심^{Loyalty}
왜 우리는 늘 헷갈려 하는가?

주인의식^{Ownership, Owner Spirit}: 조직이나 그룹에서 주인이 가져야 할 정신. 자신이 몸담고 있는 조직의 현재와 미래를 늘 고민하고, 그에 대해 끊임없이 대비하는 것. 해당 기업의 창업주나 오너, 주주에게 요구되는 것.

충성심^{Loyalty}: 조직에 충성^{忠誠}해야 하는 이들에게 요구되는 것. 자신이 몸담고 있는 조직에 헌신하고 봉사함으로써 조직 성장의 밑거름을 제공하는 것. 조직에 소속된 일원에게 필요한 덕목 중 하나.

위의 두 가지는 비슷한 가치를 동반하고 있지만, 분명한 차이가 있습니다.

첫 번째, 주인만이 주인의식을 가질 수 있습니다. 상식적으로, 지분도 가지지 않는 직원이 어떻게 주인의식을 가질 수 있을까요? 직원에게 주인의식을 가지라는 말은 평생직장이 사라진 시대에 너무나 터무니없는 책임을 요구하는 것입니다. 집주인이 아닌 사람에게 본인 집처럼 관리를 맡기는 것과 별 차이가 없지요. 애초에 불가능한 일입니다. 내 것은 내 것이고, 니 것은 니 것이니까요.

두 번째, '보상'이 있고 없음의 차이가 있습니다. 주인의식의 경우, 일한 만큼의 보상보다는 조직의 생존이 더 중요한 가치입니다. (조직을 소유하고 있기 때문입니다.) 하지만 직원들은, '적절한 보상'을 위해 잠시나마 충성을 다하는 것입니다. 철저히 나에게 보상을 해줄 권한을 지닌 이에 대한 충성입니다. 보상이 없는데 충성을 다하라고 한다면 과연 어떤 사람이 그렇게 할까요?

그런데 안타깝게도 주인의식과 충성심을 헷갈려 하는 사람들이 많습니다. 심지어 충성심을 잘못 이해해 리더에게 충성하는 사람들까지 있습니다. 이런 사람들을 '잘한다'며 좋은 평가까지 합니다. 거기서부터 개인과 조직은 어긋나기 시작하는데 말이죠.

그럼 어떻게 해야 할까요? 답은 사람이 아닌, 일에 대한 충성도를 높이는 데 있습니다. 일에 대한 충성도가 높아지면, 실무 능력(기본직무역량+실무경험+실무지식 등)이 점진적으로 향상됩니다. 그렇게 되면 주변에서 느끼는 나의 직무 매력도가 점차 높아지고, 나의 전문성을 인정받아 직장생명을 연장할 수 있습니다. 그리고 우리들은 이런 과정에서 조직을 한껏 이용해야 합니다.

내 직장생명을 연장하기 위해
일에 대한 충성도를 높이는 3단계 방법

핵심은 '전문성'에 있습니다. 작은 조직이든 큰 조직이든 사람이 일을 하는 곳이기 때문에 크게 다르지 않을 거라고 생각합니다. 물론 예외는 있을 수 있기 때문에, 하나의 예로서 이해해주시기 바랍니다.

1단계. 자신의 직무에 집중하기

프로페셔널한 직장인이라면 누구나 자신이 맡은 일에 대해서는 끝까지 책임지고 수행하는 자세가 필요합니다. 직급 또는 경력에 따른 명확한 성과도 있어야 합니다. 그러기 위해서는 평소에 내 직무 전문성을 높이기 위한 다양한 노력이 필요합니다. 단순히 일을 '쳐내기' 식으로 해서는 답이 없습니다.

· 생각의 전환: 효과적, 효율적으로 일을 하기 위한 생각 메커니즘이 늘 작동되어야 합니다. 그래서 보다 짧은 시간에 유사한 효과를 낼 수 있는 방법을 빠르고 다양하게 시도할 수 있어야 합니다. 만약 이전에 비해 합리적인 방법을 찾았고, 그 방법이 개인 차원에서나 조직 차원에서 기존보다 더

큰 이득을 가져온다면, 그렇게 바꾸려 노력해야 합니다.

너무 바빠서 '생각'할 여유조차 없을 수도 있습니다. 하지만 이제부터라도 어떤 일을 할 때 잠시 멈추고, 한번 고민해 보세요. '과연 이 길로 가면 보다 빨리, 안전하게 갈 수 있는지' 말이죠. 그 찰나의 생각(질문)으로부터 올바른 출발이 시작됩니다.

· 행동의 전환: 생각이 반이긴 하지만 실행이 없다면 의미가 없습니다. 아무리 효율적인 방법을 찾았다 해도 모든 이들에게 알리고, 바꾸도록 독려하지 않으면 소용없습니다. 고민하고, 변화할 수 있는 생각을 불러왔다면, 이제는 그걸 나와 같이 일하는 모두에게 전파하고, 실제로 변화가 일어날 수 있도록 계속해서 자극을 주어야 합니다. 지위 고하를 막론하고, 같이 일하는 모두가 지속할 수 있도록 말입니다.

· 습관의 전환: 한두 번 해서는 어려울 수 있습니다. 생각도, 행동도 꾸준히 일어날 수 있도록 기존의 패턴에서 벗어나는 것이 중요합니다. 습관을 고칠 때는 기존의 악습을 당장 없애기보다는 하나둘씩 교체하거나 교환하는 것이 좋습니다. 또한 혼자 모든 것을 하기는 어렵기 때문에, 주변에 지속적으로 알리고 함께 변화할 수 있도록 도움을 청해야 합니다.

이 과정을 거쳐 내가 일하는 생각과 습관, 패턴이 변화되고, 내 일에 더욱 집중할 수 있게 됩니다. 이제 진짜 내 일, 즉 '직장인'에서 '직업'으로 가는 길이 시작되는 것입니다. 직무 전문가로 가는 길의 가장 기초 단계라고 볼 수 있습니다.

2단계. 회사라는 조직보다, 나와 맞는 사람에게 최선을 다하기

일을 하면서 자신의 전문성을 키우는 것도 중요하지만, 또 하나 '사람'을 남기는 것도 중요합니다. 사회생활을 오래한 분들은 아시겠지만, 사회에 나와서 진짜 자기 사람을 만나기란 쉽지 않습니다. 상사든 부하직원이든 마찬가지입니다. 일하는 곳에서 존경할 만큼 일을 잘하는 누군가를 만날 수 있다면 천군만마를 얻은 것과 다름없습니다. 그를 따라하는 것만으로도, 크게 배울 수 있기 때문입니다.

이때 '일을 잘한다'는 말은 여러 가지 의미로 해석할 수 있습니다.

① 단순히 자기가 맡은 일을 잘하는 것

② 자기가 맡은 일과 연관된 일까지 챙기는 것

③ 자신의 일과 연관된 일, 그리고 사람까지 챙기는 것

④ 자신의 일, 연관된 일, 사람까지 챙기고, 윗사람까지 고려하는 것

물론 ①, ②도 일을 잘한다고 볼 수 있지만, 진짜 일을 홀

름하게 해내는 것은 ③, ④라고 볼 수 있습니다. 여러분의 생각은 어떠신가요? 일을 통해서 사람을 남기는 것. 특히 나와 함께 일하는 직장상사 또는 동료와의 파트너십은 평생의 인연으로 이어질 만큼 소중할 수 있습니다. 그 사람과 더 크고 멋진 일을 기대할 수 있고, 실제로 도모할 수 있다면, 나와 내 주변의 발전까지 기대할 수 있습니다.

3단계. 진짜 충성심을 발휘하기 위한 조건을 조직에 당당히 요구하기

만약 위의 2단계까지 마스터했다면, 내 외부의 평판 지수는 하늘 높은 줄 모르고 치솟을 겁니다. 여러분의 대표가 오히려 여러분을 모시고 다닐지도 모르지요.

자, 그러면 이제 때가 왔습니다. 당당하게 요구하세요. 그동안 직무와 직장상사에 충성했으니, 조직도 나에게 걸맞은 충성도를 보여달라고 말이죠. 그게 연봉을 통한 보상이든, 남들보다 빠른 승진이든, 뭐든지 좋습니다. 물론 말도 안 되는 요구는 제외하고, 상식선에서 요구해보시기 바랍니다.

만약 이렇게 했는데 들은 척도 안 한다면, 그때부터는 일과 사람을 뺀 나머지를 버리시기 바랍니다. 이것이야말로 겉으로는 충성심Loyalty를 요구하면서, 속으로는 주인의식Owner-ship을 바라는 거라고 볼 수 있습니다. 적절한 내용의 보상 없

이, 조직이 당신을 이용만 한다는 시그널이지요. 피터의 법칙Peter Principle에 의하면, 조직에서 위로 갈수록 뛰어난 인재보다는 조직에 맞는 인재가 남는다고 합니다. 여러분을 평가하는 리더가 여러분보다 뛰어나지 않다면, 여러분도 그에 맞게 대우해주면 됩니다.

Q 회사의 목표만 따르다가, 저의 목표를 세우는 법을 잃어버렸어요.

A 잃어버린 방향을 되찾기 위해서는 목적과 목표의 원리를 깨우쳐야 합니다.

Q 취직한 후 회사에서 시키는 것을 잘해내는 것만이 제가 성공하는 길이라고 생각했습니다. 그래서 야근에 주말 근무까지 하면서 시키는 것은 뭐든지 최선을 다했습니다. 어느새 회사 내에서 저는 예스맨으로 통하고, 우수사원이라고 표창까지 하더군요. 그런데 과연 이게 제가 진정 바라던 바였는지 모르겠습니다. 개인생활은 하나도 없고, 언제나 회사가 우선입니다. 그동안의 직장생활에서 직장은 있고, 제 삶은 없는 것 같습니다. 과연 제대로 가고 있는 것인지 잘 모르겠습니다.

A 인생의 큰 가치를 회사에서 시키는 일을 잘해내는 데 두다니, 그것부터 잘못된 선택이었습니다. 물론, 그 안에서 내가 하고 싶거나 되고 싶었던 모습이 있었다면 모르지만 그렇지 않다면, 일에 대한 좋은 의미를 스스로 갖기 어려워지죠. 애초에 왜 회사의 목표에 자신을 맞추려고 하셨나요?

Q 그게 성공으로 가는 지름길이라고 생각했습니다. 회사에서 빨리 인정받고 승진할수록 행복해질 것 같았습니다.

A 일하면서 행복은 다양하게 찾아오지만, 자신이 기대하는 바를 모른 채 남을 위해 일하기만 해서는 분명히 한계가 있습니다. 따라서 지금부터라도 내 커리어의 목적과 목표를 확실하게 정해야 합니다. 그러면 잃어버린 방향도 의지도 되찾을 수 있습니다.

목적과 목표를 이해하고
전문성을 기르기 위해
올바르게 노력해야 합니다

- 목표目標, Goal, Objective: 어떤 목적 및 상태를 실현하려고 하는 실제적 상태 및 단계, 위치 등의 구체화된 정량적 지표.

- 목적目的, Objectives: 실현하려고 하는 일이나 나아가려는 방향. 목표의 관념.

목적과 목표는 늘 함께 있어야 합니다. 그래야만 원하는 무언가를 지속할 수 있기 때문입니다. 즉, 미래의 특정 상태인 '목적'에 도달하기 위해 우리는 단계별 '목표'를 세우고, 이를 달성하기 위한 현실적 계획을 수립하여 실행해야 합니다.

조직의 비즈니스도, 개인의 커리어도 모두 이 원리를 통해 설명할 수 있습니다. 지속적인 매출의 성장을 위해 그 성장에 직간접 영향을 주는 업무를 개인과 팀이 나눠서 하는 것과 같다고 보면 됩니다. 그런데 이 과정에서 조직의 목적과 목표는 실현되지만, 개인은 희생되기 쉽습니다. 개인 역시 자신이 되고자 하는 모습이 있어야 합니다. 이를 통해 내가 기대하는 성장한 모습을 그리면서, 전문성을 구체화할 수 있어야 합니다.

하지만 각자가 일하는 스타일이 다르고, 조직의 상황 및 환경이 다르기 때문에, 대부분의 사람들이 목적과 목표를 각기 다르게 이해하고 사용합니다. 때로는 목적을 목표로, 목표를 목적으로 뒤바꾸어 사용하기도 하고, 그렇지 않더라도 한쪽으로 치우친 해석으로 '지속 가능성'이라는 가장 중요한 가치를 놓치는 경우가 많습니다.

목적은 목표보다 (의미상) 멀리 있습니다. 따라서 목적 없이는 어떤 목표도 지속성, 연속성의 가치를 가질 수 없습니다. 목표를 달성하고 나면 또 다른 추가 목표를 계획하고 실행하면서 목적을 향해 나아가야 하지만, 애초에 목적이 없다면 그 원리가 성립되지 않습니다.

그런데 목적이 없는 사람들은 스스로 목적이 없다는 것을 인식조차 못하기 때문에, 일을 하면 할수록 한계에 부딪힙니다. 그동안 조직이 만들어준 단기 목표와 계획에 의해서만 일해온 사람들이 대부분 여기에 해당됩니다. 이들은 목표 중심적 사고가 과도하게 발달해서, 집착하듯이 목표를 최대한 높게 또는 낮게, 적당히 잡아 빨리 달성하려고만 합니다. 그래서 목적에는 큰 의미나 가치를 두지 않는 경우가 많습니다. 또한 목적은 내 것이 아니라, 회사의 것이라고 치부합니다. 이래서는 성장의 의미가 퇴색됩니다.

그러다보니 '회사 일을 하는 나'와 '개인의 나'를 철저히 분리하려는 모습을 보이기도 합니다. 일(직무 및 직장)에 대한 가치를 일 또는 비즈니스의 목적에서 찾아야 하지만, 매사에 "에라 모르겠다. 돈이나 벌자"로 임하면서 수단이 목적을 앞서는 모습을 보입니다.

이들의 성장은 '목적과 목표를 직접 수립하고, 다른 이들을 공감시켜야 하는 자리'에 올라서면 막히게 됩니다. 스스로 목적을 세워본 적이 없기에 이를 제대로 설명할 수 없어, 조직이 제시한 것을 그대로 옮기는 '앵무새'가 됩니다.

목표는 목적에 의해 설정됩니다. 직장인 개인의 목적은 '성장을 담보로 하는 커리어'라고 할 수 있습니다. 그리고 목표는, 조직이 지향하는 목적을 달성하기 위한 목표와 같습니다. 개인은 조직의 성장에 기여함과 동시에 스스로의 성장 경험을 쌓는 것입니다.

하지만 이런 이해가 부족하면 옳은 목표를 세우지 못합니다. 엉뚱한 목표를 세워 원하지 않는 결과를 만들기도 합니다. 이들의 시행착오는 함께 일하는 이들까지 당황하게 만듭니다. 결국 이들은, 더 많은 권한이 있는 중책을 맡지 못하게 되고, 자연스럽게 조직 논리에 의해 도태됩니다. 게다가 스킬도 특별히 늘지 않거나 편향적으로 성장하여 다른 곳에서도 써먹지 못하는 상태가 됩니다. 조직이 제시하는 (중장기) 목적을 이해하지 못해, 잘못된 일을 목표로 삼고 여기저기에 민폐가 되는 사람으로 남게 되는 것입니다.

위의 사람들은 모두 목적과 목표를 수립하고 검증하는 것에 의존적입니다. 조직이 정해준 목적 및 목표 수립의 방법론 이외에는 생각하지 않고, 그것보다는 직무상 필요해 보이는 스킬과 테크닉을 더 중요하게 여깁니다. 목적과 목표 그리고 비즈니스, 커리어가 얼마나 밀접한 관련이 있는지도 생각해본 적이 없습니다.

그 결과 바라는 만큼 성장하지 못하거나, 도중에 커리어가 중단되는 사건을 맞이할 수밖에 없습니다. 목적과 목표를 충분히 이해하고 적용하지 못하는 이들에게 지금 이 사회는 잔혹하리만큼 기회를 주지 않습니다.

"다이어트의 목적과 목표는 무엇인가."

"이번 여행의 목적과 목표는 무엇인가."

"우리 비즈니스의 목적과 목표는 무엇인가."

"올해 사업 계획 속 내 직무의 목적과 목표는 무엇인가."

"내 커리어의 목적과 목표는 무엇인가."

위의 질문들에 한번 대답해보십시오. 답변하기 어렵다면 당신이 생각하는 목적과 목표의 개념부터 다시 살펴봐야 합니다. 목적과 목표를 제대로 이해한 이들은 목적의 한 축은 조직에 두고, 또 다른 한 축은 내 삶(커리어)에 두고 생활합니다. 목적과 목표를 정확히 이해한 사람만이 성장하는 삶을 살 수 있습니다.

Q 진지하게 일하는 것이 꼭 책임지는 모습인가요?

A 진지할 때는 진지해야만, 무책임하다는 오해를 받지 않을 수 있습니다.

Q 보수적인 분위기의 회사에서 일하고 있습니다. 면접 당시 면접관이 회사 분위기가 차분하고 조용하니 저처럼 활발하고 밝은 사람이 들어오면 좋을 것 같다고 했는데, 들어와보니 제가 낄 만한 자리는 많지 않은 것 같습니다. 일단 농담은 절대 통하지 않는 분위기입니다. 신입에게 기대하는 바가 혹시 이런 분위기를 깨는 것인가 싶어서 제 딴에는 위트 있는 답변을 좀 했더니 직속 선배가 회사는 놀이터가 아니라면서, 일할 때 좀 더 진지한 태도를 가지라고 하더군요. 저 역시 일을 대하는 태도는 누구보다 진지합니다. 하지만 진지한 태도가 곧 일을 잘한다는 말은 아니잖아요? 답답합니다.

A 회사마다 일하는 문화, 분위기 환경은 제각각입니다. 조직의 리더가 선호하는 방향에 따라, 구성원과 어떤 조화를 일으키느냐에 따라 분위기가 형성되는데, 대부분의 경우 결국에는 윗사람들에 의해 분위기가 좌우되기 마련이더군요. 어디든지 한두 사람으로 분위기 전체를 바꾸

기는 어려울 수밖에 없으니까요. 그러니 최대한 그들의
분위기를 해치지 않도록 해야죠. 일단 신임을 얻고, 충분
히 신뢰를 쌓기 전까지는요.

Q 회사에 맞춰서 조용히 지내야 한다는 말씀인가요?

A 글쎄요. 좀 더 정확하게 말하자면, 오랜 시간 보수적인 분
위기가 변하지 않은 회사에서 적응하고 살아남기 위해서
는, 그들과 비슷한 보호색을 쓰는 것이 좋다는 말입니다.
진지하게 '보이는' 것이 필요하다는 거죠. 무책임하다는
쓸데없는 오해를 사지 않기 위해서 말이죠.

일에 대해 책임지는 것은
매우 어려운 일입니다

우리는 일을 할 때 책임을 정하고 그에 맞춰 역할(활동)을 수행하기보다는, 겉으로 드러난 역할에 따라 책임을 규정합니다. 그러다보니 책임責任의 진짜 의미를 망각하고, 책임을 수행하는 내 편의에 따라 선택적으로 행동합니다. 이로 인해 많은 갈등이 일어나고, 누가 어디까지 책임을 져야 하는지 정리조차 하지 않고 두서없이 일하는 것을 당연하게 받아들입니다.

책임은 맺는 관계에 의해 규정됩니다. 그 관계는 겉으로 드러난 조직 속 위계와 직무 간의 연결성에 따라 달라집니다. 회사에서는 함께 달성해야 하는 목표와 이를 바라보는 각자의 주관적인 중요도에 따라 서로 다른 것을 기대하기 마련입니다. 따라서 함께 일하는 이들끼리 합을 맞추기 위해서라도 겉으로 드러난 역할에 따라 기대 수준을 조정해야합니다. 이를 통해 상호 간 공동의 책임 영역의 부담을 나눠 갖는 것입니다.

여기에서 변수는 그들 각자가 그 일을 위해 쏟아온 시간과 에너지에 따라 일에 대한 감정적 충성도가 제각각이라는 것입니다. 물론 원래 기질도 있겠지만, 조직에 의해 만들어진 많은 경험들이, 일을 하는 스타일과 성격적인 부분까지 좌지우지할 수 있습니다.

그래서, 일이 어렵습니다. 책임지는 모습을 보이는 것은 더욱 어렵습니다. 위에서 이야기한 모든 변수를 함께 고려하여 조직 안에서 적당한 자신의 캐릭터와 스탠스를 구축하고 유지할 수 있어야 하기 때문입니다. 그것도 책임감을 갖고 일한다는 이야기를 들으면서 말이죠.

◇◇◇

실제로 책임 있게
일하기 위한 7가지 준비

사실, 책임의 범위는 매우 애매합니다. 유일한 기준점이 될 수 있는 '직무명세서'에 쓰인 '업무상 책임 범위'조차 최소한의 기준을 정의하기엔 부족하기 때문입니다. 달성해야 할 목표가 책임에 영향을 주는 것은 알겠지만, 어떤 상황과 환경에 놓여 있느냐에 따라, 각자 다른 관점으로 바라보기 때문에 종잡기 쉽지 않습니다.

그렇기에 일을 보다 치밀하게 준비하고 실행하는 연습이 뒤따라야 합니다. 책임 있는 모습을 보이기 위해, 일에 대한 진지한 태도만으로 승부를 보는 것이 아닌, 지금 나의 자리에서 실제로 할 수 있는 것을 해봐야 합니다.

그러기 위해서는 ① 내 직무명세서를 남이 아닌 나 스스로 관리할 수 있어야 합니다. 직무명세서는 이를 담당하는 담당자 그리고 그 주변의 이해를 돕기 위해 만들어졌습니다. 그렇다면 그 목적에 맞게 최소 1년에 한 번씩은 업데이트를 하여 변화되는 직무상의 목표가 문서상 책임 영역의 미묘한 변화를 반영할 수 있어야 합니다.

② 직무명세서 속에 꾸준히 하는 루틴 워크$^{Routine Task}$를 함께 기재합니다. 직무상 책임을 다하기 위해 일정한 주기로 해야 하는 일은 제한적입니다. 그 일의 변천사를 기록하고 관리하는 것만으로도 충분히 자신의 일을 철두철미하게 하고 있음을 표현할 수 있습니다.

③ 수시로 변화하는 사업 목표를 반영한 프로젝트 작업$^{Project Task}$을 별도로 관리합니다. 조직마다 목표를 관리하는 방식은 제각각이지만, 모두 '조직과 개인의 동반 성장'을 위한 활동입니다. 이 취지에 맞게, 그 목표에 직간접 영향을 줄 수 있는 업무를 별도로 기획하고 관리 운영합니다.

④ 정기적 비정기적으로 하는 일과 연계된 다른 직무의 이해도 함께 가져갈 수 있어야 합니다. 일은 함께하는 것입니다. 따라서 각 업무가 어떤 직무 담당자와 어떤 과정과 단

계를 밟아가며 이루어지는 것인지 수시로 체크하고 그 변화를 관리해야 합니다.

⑤ 책임 수행의 영역별 중요도를 꾸준히 관리해야 합니다. 비즈니스는 〈회사-직무-상사, 동료의 일〉이라는, 불문율 같은 중요도 순서가 있습니다. 이는 목표 하달과 수행 체계에 의해 만들어지는데, 조직 상황에 따라 우선순위가 달라질 수 있습니다. 이를 고려하여 평소의 중요도와 예측된 변화에 따른 대응 방향 및 내용을 체크해야 합니다.

⑥ 조직 문화는 물론 함께 일하는 사람들의 타입을 구분하여 파악하고, 일을 할 때 어떤 태도를 가져야 할지 의식하고 행동할 수 있어야 합니다. 사람들 타입을 세 가지 정도로 분류해보자면 이렇습니다.

첫째로 시종일관 진지한 타입입니다. 지금 하는 일에 높은 수준의 로열티를 갖고 일 중심의 삶을 사는 사람들로, 크고 작은 실패가 있다고 하더라도 원하는 수준과 목표 달성을 위해 끊임없이 노력합니다. 둘째로 허허실실 타입입니다. 평소에 힘을 빼고 일하는 사람들로, 이들은 어떤 일이든 쉽게 접근하지만 탁월한 책임감과 성취욕을 바탕으로 하는 재능으로 결국 해내고 맙니다. 셋째로 일 앞에서만 진지한 타입입니다. 일을 택할 때부터 그 일이 나의 것이라는 생각을 하지 않는 사람들로, 자신을 보호할 수 있을 만큼 정도의 책임감, '적당히' 남들을 살짝 앞지를 만큼 또는 뒤처지지 않을 만큼만 에너지를 사용합니다. 그러나 임계점을 지나면 뒤처집니다.

당신이 그리는 모습이 책임지기는 싫고, 권리만 누리려는 타입은 아닐 거라고 생각합니다. 위의 셋 중에 나 스스로에게, 그리고 타인에게 기대하는 모습이 무엇인지를 살펴 행동할 수 있어야 합니다.

⑦ 책임은 신뢰에서, 신뢰는 일관된 모습에서 나타납니다. 그러니 어떤 모습이 되었든 '꾸준함'을 유지하기 위해 노력하시기 바랍니다. 이를 달성하려는 과정 속에서 당신 역시 성장할 것입니다.

일을 잘하기 위해 열심히 노력하고, 진정성 있는 모습을 보여주면 함께 일하는 이들에게 신뢰를 얻을 수 있습니다. 그리고 그 노력은 함께 일하는 이들의 성향과 스타일을 고려해야 합니다. 그게 직장생활의 룰입니다. 이러한 세세한 활동이 더해져, 책임 있는 태도를 유지하면서 노련함까지 얻을 수 있다면, 회사 내에서도 더 큰 신뢰를 얻고 끊임없이 성장해나갈 수 있을 것입니다.

Q 언제쯤 조급함이 사라질까요?

A 조급함은 사라지지 않습니다. 인정하고 그 불안감을 역이용하세요.

Q 원래부터 남들이 하는 건 다 따라 해야 직성이 풀리는 성격입니다. 그런 성격 덕에 대학 졸업 후 나름대로 동기들보다 취직도 빨리 했고, 원하는 직장에도 들어왔다고 생각해요. 하지만 요즘에는 주변 사람들이 아닌 절대다수와 저를 비교하면서 뒤처지지 않기 위해 안달하고 있어요.

예를 들어 인스타그램을 보면 미라클 모닝을 실천하는 사람들이 새벽에 일어나서 인증샷을 올리는데, 저는 아침잠이 많거든요. 따라 했다가 낮에 졸음이 쏟아져서 그만두었어요. 주식 투자로 돈을 벌었다는 사람들의 이야기를 듣고 섣불리 뛰어들었다가, 몇백 만원을 날렸고요. 이렇게 작은 실패들이 쌓이니까 자괴감도 들고, 한편으로는 남들은 다 잘하는 것 같은데 나만 안 되는 것 같아 마음이 불안해요.

A 좋은 시도는 많이 하는데 소득은 별로 없어 보이네요. 왜해야 하는지, 무엇 때문에 해야 하는지 모르는 채로 시도

만 계속하다보면 길을 잃는 법입니다. 발버둥을 아무리 쳐도 자꾸 물속 깊은 곳으로 빨려 들어가는 거죠.

Q 네, 한번 그런 상황에 놓이니 갈피를 잡기가 힘드네요. 자꾸만 나보다 뭔가를 더 하는 사람만 눈에 들어오고, 그들이 하는 것을 모두 따라 하지 않으면 안 될 것 같은 생각만 계속 들고요. 저는 어떻게 해야 할까요?

A 성격은 금세 변하기 어렵지요. 당신의 경우에는 잘해온 경험이 있으니, 그냥 성격적인 부분을 인정하고 그것을 역이용하는 방법을 배워보라고 조언하고 싶습니다.

언제쯤 조급함이 사라질까?
자신감, 자존감 그리고 불안감의
상관관계와 해법

그동안 만났던 많은 분들이 자신의 불안감을 '무언가'를 하면서 덜어내고 있었습니다. 남들이 부러워하는 학벌과 실력을 가졌음에도, 자신보다 높은 위치에 있는 듯한 누군가를 따라잡기 위해 끊임없이 노력하더군요. 그런데 문제는 그런다고 불안감이 줄어들지 않는다는 것이었습니다. 오히려 더욱 증가할 뿐이었죠.

우리는 늘 무언가에 쫓기듯 살고 있는 것 같습니다. 뭐든지 빨리 해야 하고, 정확해야 하며, 두세 번 이상의 같은 실수를 하면 용납할 수가 없습니다. 뭐든 완벽해야 한다고 생각합니다. 심지어 아무것도 안 하는 것이 불안하다며 쉬지 않고 무언가를 배웁니다. 하지만 그것은 전략적인 커리어를 쌓기보다는 불안감을 감소시키는 또 다른 '재미'에 불과합니다. 그러다보니 내 안에 온전히 쌓아야 할 '전문성'은 길을 잃으면서 답보 상태가 되고 말죠.

남보다 뒤처진다고 느껴지면 누구나 불안할 겁니다. 그런데 이 불안감은 다른 이들이 나에게 강요해서 생기는 감정이 아닙니다. 실제로 무언가가 쫓아오는 일도 없죠. 그저 내 안의 욕심 또는 욕구에 의해 발현되는 특정한 상태입니다. 물론 긍정적인 부분도 있습니다. 스스로를 경쟁 상태에 놓음으로써 뛰어난 몰입을 하게 만들기도 하지요. 경쟁하지 않지만, 경쟁 상태인 것처럼 스스로를 독려하여 잠재력을 끌어내는 것입니다.

하지만 명확한 목적에 의한 욕구, 재능, 노력의 3박자가 제대로 갖추어지지 않으면 오히려 이 불안감은 나에게 악영향을 미치게 됩니다. 원하는 목표를 달성할 수 있을 만한 충분한 동기와 노력에, 스스로를 향한 긍정적 뉘앙스의 인정이 더해져 다음 단계로 나아가야 하지만 '나는 여전히 배고프다' 식으로 스스로를 채찍질하게 되기 때문입니다. 그러다 자칫 자신의 노력을 인정하지 못하는 것을 넘어, 자기 존재감을 부정하기도 합니다.

자신감은 충만하지만 자존감이 낮은 사람이 보통 이런 모습을 많이 보입니다. 다른 사람의 시선을 통해 나를 바라보고, 그 기준이 마치 절대적인 것처럼 스스로를 평가하는 것입니다. '나다움'을 통해 나와 세상을 있는 그대로 바라봐야 하지만, 쉽지 않은 것이 사실입니다.

'조급함'을
조금이라도 줄이기 위해서

일단, 현재의 상황과 결과를 올바로 인식하는 것이 중요합니다. 인생을 살면서 모두 다 가질 수는 없습니다. 인정할 부분은 인정하고, 부러운 것은 부러운 것으로 그쳐야 합니다. 누군가가 그러한 성공을 거둘 수 있었던 것은 현재 보이는 결과를 위해 수많은 시도와 도전을 했기 때문입니다. 결과만으로는 그가 어떤 길을 걸어왔는지 알 수 없는데, 보이는 부분만으로 판단하면서 오류와 편향이 시작됩니다. 편향되었음을 인정하지 않고 '객관적'이라고 착각하며 잘못된 판단을 하는 치명적 실수를 하는 것입니다.

이 문제를 해결하기 위해서는 제대로 된 자기객관화가 필요합니다. 남과 나를 섣불리 비교하기보다는 과거의 나와 지금의 나를 비교하고, 내가 꿈꾸는 미래와 지금의 나를 비교함으로써 보다 발전적인 미래를 그려나가는 것입니다. 아래에서 5가지 방안을 제시해보겠습니다.

1. 결과보다는 '과정' 중심으로 인과관계를 살펴보자.

특정 결과에 대한 객관적 분석을 해봐야 합니다. 하나부터 열까지, 객관적이라고 볼 수 있는 지표들을 활용하여 제대로 된 비교를 하는 것입니다. 스스로를 실험 대상으로 보고 통제적 관점으로 실험을 해봐도 좋습니다. 이때, 각자 가지고 있는 적성과 재능에 구체적으로 어떤 차이가 있는지, 계량화할 수 있는 것은 없는지 등 자세히 살펴보는 노력이 필요합니다.

2. 스스로의 '욕구 체계'를 명확히 파악하자.

사람들은 삶 속에서 독특한 각자의 욕구를 분출합니다. 밥은 무엇을 먹어도 상관없지만 꼭 괜찮은 디저트를 먹어야 하는 사람, 옷은 아무 옷이나 입어도 되지만 신발은 맞춤으로 신어야 하는 사람, 환경을 생각해서 가급적 1회용품을 안 쓰려고 하는 사람 등 사람마다 우선순위가 다릅니다. 이처럼 내가 가진 욕구 체계의 우선순위 정도는 스스로 매겨볼 수 있어야 합니다. 남들이 좋다고 하는 것과 정말 자신이 바라고 원하는 것을 구분함으로써, 욕구 해소의 정제된 규칙을 세워야 합니다.

자신의 욕구 체계를 분석할 때, 단순히 오감 만족으로 일반화시키지 말고 포기하지 못하는 특정 행동이나 생각, 브랜드, 아이템 등이 나의 어떤 감정을 자극하는지를 살펴봅니다.

3. 좋아하는 것과 좋아 보이는 것을 구별하자.

불안감을 안고 사는 사람들이 정말 못하는 것 중에 하나가 '구별'입니다. 무엇이 중요한지 판단할 수 없기 때문에 모두 가지려 하고, 그래서 해야 할 일은 늘어나며, 한정된 시간 안에서 늘 쫓깁니다. 하고 싶은 것은 많고 시간은 부족하기 때문입니다. 이때, 단순한 지적 호기심과 추구해야 할 전문성은 엄격히 구별되어야 합니다. 필요하지도 않는 자격증을 따는 데 굳이 많은 시간을 할애할 이유가 없습니다. 집중할 대상이 여럿 있는 것만큼 피곤한 일은 없습니다.

4. 결정한 것들과 결정해야 할 것들을 분리하자.

이미 결정한 것은 되돌리기 어렵습니다. 자기객관화를 위해 보다 미래지향적인 생각과 판단이 필요합니다. 당장 벌어진 일과 그 원인을 찾는데 시간과 에너지를 써야지, 과거의 작은 실수가 불러온 후폭풍에 파묻혀, 정작 중요한 일을 결정하는 데 쏟아야 하는 생각과 에너지 투입의 순간을 놓쳐서는 안 됩니다.

5. 우선순위에서 상위권의 욕구와 직결되는 일을 선택하자.

욕구 체계의 우선순위 완성은 내가 어느 분야에서 어떤 일을 해야 할지를 결정하는 데 중요한 단서가 됩니다. 내가 정말로 잘하고 싶은 분야로 가서, 이를 통해 돈을 벌 수 있는 전문가가 되는 것이 가장 좋습니다.

이때 스스로에 대한 적절한 동기부여(당근과 채찍)가 필요합니다. 따라서 무언가 '끌리는 것'에 따라 선택하되, 그 선택이 불러올 결과들을 충분히 검토하고 결정할 필요가 있습니다. 때로는 선택의 폭을 줄이거나, 우선순위를 뒤바꾸면서 전략적으로 성공 가능성을 높여가야 합니다. 이 모든 것은 자신의 선택이 옳았음을 증명하기 위함입니다.

6. 도달하고자 하는 목표를 위해 유연한 선택을 하자.

선택에서 발생하는 기회비용 때문에 선택을 의도적으로 미루는 경우가 많은데, 여기서의 선택은 하나를 취하고 모두를 버리는 것이 아닙니다. 모든 결과에는 원인이 한 가지만 있는 게 아닙니다. 수많은 원인들이 모여 결과를 이루어 냅니다.

예를 들어 마케팅을 제대로 공부하기 위해 꼭 좋은 대학에 갈 필요는 없습니다. 그리고 좋은 대학이라 불리는 곳의 마케팅 관련학과를 나왔다고 충분한 실력을 갖추었다고 보기도 어렵습니다. 고수들은 천차만별이고, 그들이 경지에 오르기까지의 과정은 결코 일반적이라고 말할 수 없습니다.

목표를 달성하기 위해서는 관계, 가능성, 상황 등을 고려한 유연한 선택이 필요합니다. 물론 어디에나 기본은 존재하지만, 그것을 뛰어넘어 새로운 기본을 익혀야 합니다. 시대에 어울리는 내용과 방식을 통해 말입니다. 뉴노멀^{New Normal} 시대에 변하지 않는 노멀^{Normal}이란 존재하기 어렵습니다. 따라서 우리는 계속해서 적절한 학습을 해야 합니다. 나에 대해서도, 변화하는 세상에 대해서도 말입니다.

모두가 불안한 시대,
불안감을 이용하자

인간이라면 누구나 불안감을 안고 살아갑니다. 불안을 행복으로 바꿀 수는 없습니다. 그냥 인정해야 합니다. 세상이 불안한데, 한 사람이 모든 것을 통제할 수는 없습니다. 다만 성장하는 사람들은 자신이 어떤 사람이고, 어떻게 살아가야 하는지 본능적으로 알고 있습니다. 또한 불안감을 그대로 두고, 행복해지기 위해 더 많은 투자를 합니다.

언제쯤 조급증이 사라질까요? 사라지지 않습니다. 그러니 내 취향과 호기심에 따라 '몰입'할 대상을 찾고, 이를 내가 되고 싶은 모습이나 만들고 싶은 전문성과 연결시키려고 해야 합니다. 조급함을 '몰입할 대상'에 집중하면서, 목표를 달성하고 성취감을 느끼는 거죠.

간혹 얼마나 노력해야 하냐고 묻는 사람들이 있습니다. 그런데 질문이 잘못됐습니다. '어떤 유의 노력을, 어떻게 해야' 생각보다 빠르고 정확하게 내가 원하는 수준에 도달할 수 있는지를 물어봐야 합니다. 이렇게 하다보면 자연스럽게 불안감도 관리할 수 있을 겁니다. 그것이 결국에는 내가 성장하고 성숙해지는 길입니다.

Q 일은 점점 재미없고, 만족감이 점차 줄어듭니다.

A 직장 만족도보다, 일의 만족도에 초점을 맞춰야 합니다.

Q 신입 때는 일이 재미있어서 마냥 즐겁게 일했는데, 경력이 쌓인 이후에는 그런 기분이 들지 않습니다. 계속해서 '나는 무엇 때문에 일을 하는 걸까?'라는 질문에 대한 답을 찾고 있습니다. 예전에는 일을 하는 과정 속 단계들을 실수 없이 처리하고, 그 결과가 좋았을 때 성취감과 만족감을 느꼈는데 요즘은 일을 끝내도 그런 기분이 느껴지지 않습니다.

A 분명히 일에서 재미를 느끼던 때가 있었는데, 언제부턴가 그렇지 않다는 거군요. 왜 그럴까요? 혹시 조직에서 본인에 대한 평가는 어떤가요? 괜찮은 편인가요?

Q 지금까지는 회사의 목표를 늘 웃돌아 달성했습니다. 하지만 목표를 달성하면 '이번에 잘해냈으니, 다음에는 더 높은 목표를…' 이런 식으로 계속 상향된 목표를 받았죠. 운이 좋게 계속 달성했습니다. 그런데 이제는 그게 무슨 의미가 있나 하는 생각이 듭니다. 끝이 없는 목표가 계속 이어지는데, 달성한다고 해도 나에게 돌아오거나 남는

것은 무엇인지 모르겠습니다. 연봉은 올랐지만, 연봉만으로는 지금 제가 느끼는 갈증이 채워지지 않습니다.

A 처음에는 일이 재미있었는데, 지금은 재미가 사라진 이유를 여러 가지로 추정할 수 있습니다. 가장 큰 이유는, 조직에 좋은 결과를 주기 위해 과도하게 일했을 가능성이 높습니다. 처음 목표를 달성했을 때는 긍정적인 자극을 받았지만, 계속해서 목표가 상향 조정되는데 내가 받는 자극은 상향 조정되지 않았죠. 또한 조직이 제시한 목표에 과몰입해서 커리어를 고려한 일의 선택권을 조직에게 빼앗긴 것 같습니다. 일의 결과도 중요하지만, 과정에 충실하여 일의 주도권을 되찾고, 그 속에서 지금까지와는 또 다른 일의 재미와 의미를 찾을 필요가 있습니다.

좋은 결과를 위해서는
'협의 및 합의'의 과정을
계속 거쳐야 합니다

일이 재밌으려면, 결과가 좋아야 합니다. 그런데 일의 결과가 좋기 위해서는 과정도 좋아야 하지요. 과정이 좋기 위해선 일을 적절히 주도하고 결정하기 위한 권한과 책임을 조직과 내가 함께 나눠 가져야 합니다. 적어도 서로의 전문성에 대해 충분히 인정해주어야 합니다. 그렇지 않으면, 각 분야를 맡고 있는 개인들이 '일의 재미와 의미'를 찾고 지속하는 힘을 얻기가 힘들기 때문입니다.

이렇게 하는 건 의외로 간단합니다. 서로 어떤 방향을 바라보고 있는지 충분한 협의와 합의의 과정을 거치면 됩니다. 그게 곧 조직과 내가 함께하기 위한 첫 번째 단추입니다. 그 단추를 꿰고 나면 그다음 단계로 나아가며 각자가 가진 전문 영역에서 맡아야 할 책임과 이 책임을 엮어 관리해야 하는 리더의 몫이 구분되기 시작합니다.

단, 이 과정은 수차례 시행착오를 거칠 수밖에 없습니다. 서로 간의 욕구와 욕망이 충돌하는 지점이기 때문입니다. 그 충돌의 결과로 비즈니스가 점차 탄탄해지고, 고객을 위한 존재의 이유가 겉으로 드러나 양적으로 성장할 수 있게 됩니다. 이것이 합리적인 과정입니다.

그런데 어느 정도 시간이 지나면, 이것만으로 만족스럽지 않게 됩니다. 자신의 일이지만, 그 일로 인해 다른 이들의 사업에 참여하는 꼴이기 때문입니다. 따라서 일의 '진짜 재미'를 위해서는, 즉 자신의 일을 하며 적절한 전문성을 쌓고 독립하기 위해서는 또 다른 노력이 필요합니다.

일의 진짜 재미를 위해
조직이 바라는 결과에만
집중하지 마세요

'일의 결과'라는 말은 두 가지로 해석이 가능합니다. 하나는 '조직이 제시한 목표와 결과'입니다. 여기에는 개인의 주도권이 거의 없습니다. 일방적으로 제시받고, 달성 여부만 결정됩니다. 또 하나는, 조직의 목표(좋은 결과)를 달성하는 과정에서 '개인이 밟는 구체적 실행 단계'입니다. 여기서는 조직보다는 개인에게 주도권이 있습니다. 그래서 일의 재미를 발견하기 유리합니다.

이 과정에서 개인은 자신의 업무상 경험치를 넓고 깊게

가져갈 수 있습니다. 단계별로 다양한 선택지를 탐색하고 결정하는 경험이 역량 향상에도 큰 자산이 될 수 있습니다. 또한 업무상 리더십을 키워 좋은 결실을 맺으면, 더 큰 신뢰를 얻을 수 있습니다. 일을 주도한 경험은 책임감 또는 이를 입증하는 법까지 고민하며 더 큰 몰입감을 가져오고, 덩달아 좋은 결과까지 기대할 수 있게 됩니다.

리더의 의중이나 조직의 지향점을 재확인할 수도 있습니다. 이는 과정상의 협의 및 합의 과정에서 모두가 바라는 과정과 결과를 검증할 수밖에 없기 때문입니다. 그 결과 함께 일하는 이들과 각 단계의 모든 활동을 나누며 조직과 구성원 모두가 인정하는 옳은 활동 방법까지도 검증할 수 있게 됩니다. 각자가 어떤 부분에까지 역량을 발휘할 수 있는지 보게 되기 때문입니다.

이 과정을 업무적으로 최대한 구체화해본다면 다음과 같습니다.

① 조직이 바라는 '좋은 결과'와 개인이 달성해야 하는 '좋은 결과' 사이의 연결 고리를 파악합니다. 이를 위해서는 업무상 인과관계 기준의 공감대Consensus를 가져야 합니다. 상호 간의 업무의 가치 판단, 담당자의 고충, 이것이 진짜 공감대입니다.

② 조직이 하는 비즈니스 운영의 루틴 프로세스Routine Process를 파악해야 합니다. 비즈니스 모델이라고 불러도 좋습니다. 이를 통해 각자 어떤 위치에서 어떤 일을 하는지, 현재 하는 일의 가치와 방법을 파악하고, 발생한 문제와 어려움을 주시할 수 있어야 합니다.

③ 위의 루틴에서 각자 달성해야 하는 최소한의 목표를 확정합니다. 최소한의 질Quality과 일정Due-date을 정하고, 각자의 상황과 조건에 맞춰 얼마나 유연하게 조정할 수 있는지 살펴봅니다.

④ 이러한 조건 및 상황을 토대로, 최대로 낼 수 있는 개인별 '좋은 결과'가 얼마나 되는지, 이것이 조직이 바라는 좋은 결과와 어떤 연관성이 있는지를 따져보며 필요에 따라 조정하는 것입니다.

⑤ 위의 내용을 함께하는 모든 이들과 최대한 투명하게 공유하고, 직책을 가진 이들은 이를 종합하며, 일을 중심으로 사람을 관리할 수 있도록 해야 합니다. 이것이 지속적으로 정착되면, 양적 성장을 위해 필연적으로 질적 성장을 추구하는 조직으로 성장할 수 있습니다.

결국 개인뿐 아니라, 조직 전체가 위와 같은 노력을 할 수 있도록 열린 마음으로 장場을 열어주려고 해야 합니다. 서로 독려할 수 없는 분위기라면, 개인의 입장에서 할 수 있는 노력들은 제한될 수밖에 없습니다.

만약 그런 환경이 어렵다면, 최소한 아래의 것들이라도 지키려고 노력해보십시오. 그러면 적어도 스스로 '침몰하거나, 가라앉고 있다는' 생각을 하지 않을 수 있습니다. 이러한 좌절의 구간에서 일의 재미를 잃어버리고, 방황 아닌 방황이 시작되기 때문입니다.

① 현재의 회사가 성장하는 데 있어 탄생부터 지금까지 어떤 일이 있었는지, 결정적이었던 내부와 외부의 요인과 그에 따른 대처 등을 살펴봅니다. 이는 회사를 다각도로 살펴보기 위함입니다.

② 조직 내에서 내 직무가 어떤 가치를 지니고 있는지 객관적으로 평가해봅니다. 비즈니스 상황에 따라 조직에서 직무상 가치의 우선순위는 수시로 바뀝니다. 그럼 어떤 요인에 의해 뒤바뀌는지, 내 직무가 어떤 상황 및 상태에서 높은 가치를 발휘하는지 살펴봅니다.

③ 일하는 과정을 구체적으로 기록합니다. 큼직한 단계와 그 하위의 실무상 세부 단계를 정리하여, 유사 문제가 일어났을 때 유형별 대처가 가능한 '방법론'을 만드는 것입니다. 이로써 노하우 전수와 효율적인 문제 대응이 가능합니다.

④ 이렇게 정리된 내용을 같거나 유사한 직무를 하는 담당자들과 수시로 나눕니다. 그렇게 하면서 조직 내 업무 발전을 이끌고, 같은 팀 모두가 성과를 향상시킬 수 있습니다.

⑤ 위 내용을 회사를 옮기면서도 꾸준히 지속합니다. 일을 시작하면 처음에는 좋은 결과를 내며 성취욕을 끌어올릴 수 있지만, 기대하는 결과에서 멀어지면 금세 포기하는 게 사람의 본성입니다. 따라서 이를 방지하기 위해 다양한 시도로 다양한 과정을 개발하는 데 의미를 더욱 많이 두는 것입니다.

모든 일에서 100% 좋은 결과를 낼 수는 없습니다. 시작할 때는 이 점을 알고 있지만, 막상 좋지 못한 결과로 끝을 맺으면 시작할 때의 명제를 잊어버리고 낙담합니다. 이것이 사람입니다. 그렇기에 '결과를 만드는 모든 과정'에 후회가 남지 않도록 적극적으로 참여해야 합니다. 매번 최상의 결과를 낼 수는 없지만, 최선의 노력을 통해 최상을 좇는 과정상의 노력에서 재미를 얻고자 해야 합니다. 그 결과로 최악을 피할 수 있게 됩니다. 이는 일의 종류에 관계없이 모든 일에 통할 수 있는 절대적 원리입니다.

Q 제가 가진 강점은 무엇일까요?

A '강점'이 아니라 '장점'을 찾아야 합니다.

Q 제가 어떤 일을 잘하는지 도무지 모르겠습니다. 저의 강점을 찾기 위해 어떤 준비와 노력이 필요할까요?

A 자신이 무엇을 잘하는지 찾아서, 그것을 더욱 발전시켜 지금보다 성장하고 싶은 마음이시군요. 맞나요?

Q 네, 맞아요. 그런데 무엇이 저의 강점인지를 알 수 없으니, 다른 사람들에게 내가 잘할 수 있는 일에 대해 확실하게 말하기가 어렵습니다. 그래서 회사를 옮기는 것에도 자신이 없고요. 지금 직장에서 잘하는 것을 찾아서, 연관된 직종으로 이직을 하고 싶습니다.

A 이직을 하고 싶은데 어떤 곳으로 가야만 추락하지 않고 계속 성장할 수 있는지, 그러려면 '강점'을 나의 어필 포인트로 삼아서 그것이 가장 잘 통할 수 있는 곳으로 가야 겠다는 생각이시네요.

Q 맞습니다. 저의 강점을 모르니 어떤 결정도 내리기가 힘

듭니다. 좀 막막합니다.

A 한 가지 질문을 하겠습니다. '강점'이란 뭐라고 생각하시나요?

Q '내가 잘하는 것'이 곧 나의 강점이지 않을까요?

A 네, 맞습니다. 그러면 스스로 생각할 때 당신이 '잘하는 것'은 무엇인가요? 사실, 강점과 장점은 '아'와 '어'가 다르듯이 미묘하게 다릅니다. 강점을 장점으로 또는 장점을 강점으로 잘못 이해하지 말아야 합니다.

먼저 '강점'의 정의부터
내려보아야 합니다

"당신의 강점은 무엇입니까?"

이 질문이 언제부턴가 채용 과정에서 기업들의 필수 질문 중 하나가 되었습니다. 그래서 다들 나름의 논리적 전개를 통해 말을 지어내 자신의 강점을 명명하고, 어필하려고 합니다.

그런데 '강점'이라는 것이 뭔지에 대해선 근본적으로 고민하지 않습니다. 각자 느끼는 대로, 강점 찾기에 바쁠 뿐입니다. 누군가는 전문 기관의 도움을 얻어 '강점 테스트'를 통해 명문화된 무언가를 얻기도 했고, 또 누군가는 인터넷을 뒤적이다가 자신과 가장 어울리는 적당한 표현을 얻기도 했습니다.

· 강점强點: 남보다 유리하거나 뛰어난 점

사전적 의미에서 볼 수 있듯이, 강점은 타인과 비교하여 무엇을 잘하거나 유리하다고 말할 수 있는 점입니다. 즉, 비교의 대상이 존재하며, 그들 사이에서 우위를 확실히 점하고 있어야만 강점이 있다고 말할 수 있는 것입니다.

그런데 과연 우리는 타인과 객관적 비교를 할 수 있을까요? 절대 불가능합니다. 성장 과정에서부터 성인이 되어 직장생활을 하기까지, 아무리 비슷한 환경 속에 자라왔다고 해도 절대 같은 유형의 사람이라고 볼 수는 없습니다. 게다가 비교하려면 각각의 사람을 '점수화'해야 하는데, 사람을 계량화할 수 있는 부분이 과연 있을까요? 키, 몸무게 등의 각종 신체사이즈가 유일한데, 기업에서 하는 신체검사가 누가 더 크고 날씬한지를 평가하는 건가요?

강점 Strength Point 은
사람에 적용하는 개념이 아닙니다

강점은 기업 또는 그룹, 단체 같은 명확한 경쟁 구도에 있는 것들에 적용하는 것입니다. 비즈니스가 계속 존재하기 위해서는 '강점'이 필요하기 때문입니다.

거래를 원하는 고객들이 인정할 수 있는 객관적 지표로 '강점'이 확인되어야, 이를 통해 신뢰도 쌓고 거래도 지속할 수 있습니다. 비즈니스를 할 때, 상대방의 레퍼런스를 지독하게 체크하는 것도 바로 이런 점 때문입니다.

예를 들어 'SWOT 분석'에 의해 정의된 조직의 강점과 약점은 외부 환경의 위기와 기회와 맞물리면서, 다양한 분석과 해석을 만들어낼 수 있습니다. 이를 통해 조직의 의사 결정에서 더욱 합리적인 방향을 부각시키게 됩니다.

결국 조직을 경영하고 관리하기 위해 필요한 데이터 중 하나가 강점인 것입니다. 그런데 몇몇의 검사에서는 이를 사람에게 적용하기 위해 가설을 세웁니다. "사람은 모두 경험을 하고, 그 경험은 반복되며, 이를 통해 무언가에 대해 잘 알거나, 잘하게 되는 성향을 가진다"고 말입니다. 이를 기반으로 검사지를 만들고, 검사한 이가 어떤 경험을 했는가를 근거로 강점을 평가합니다.

그러나 이런 검사는 사람에게는 매우 제한적으로 적용될 수밖에 없습니다. 검사지를 만들어 검사한다고 해도 '확실한 데이터'를 얻기 어려울뿐더러, 아무리 꼼꼼히 기록한다고 해도 그 결과를 100% 신뢰할 수 없습니다. '강점'이라고 부르기도 민망한 말들이 계속 나올 수밖에 없는 것입니다. 마치 플라세보 효과처럼, 보이는 것을 믿고 싶어 하는 데 지나지 않습니다.

사람에게는
강점보다 장점으로 불러주세요

정리하자면, 강점은 조직이 가진 특수한 기능과 독보적 경쟁력을 말합니다. 이를 통해 어떤 분야에서 경쟁사보다 더욱 강력한 무언가를 갖고 있다고 주장하는 것입니다. 이를 '사람'에게 적용하면, 증명할 수 없는 논리만 가득한 소설을 쓸 수밖에 없습니다. 거기에 '자백의 감성'을 가지고 있지 않다면, 그 말에 힘이 실리지 않기 때문에 누구의 신뢰도 얻을 수 없습니다.

따라서 누군가가 강점을 묻는다면, 이를 '장점長點: 어떤 대상에게 있어서 긍정적이거나 좋은 점'으로 이해하고, 자신이 가지고 있는 부분 중에 스스로 긍정적으로 묘사 가능한 부분이 무엇인지를 말하는 것이 바른 답변입니다. 그리고 그 근거로 '주도적인 활동'을 제시할 수 있어야 합니다.

예를 들면 다음과 같습니다.

① 저는 사람들의 말을 듣는 것을 좋아합니다. 누구 못지 않게 '말하는 것'을 좋아하지만, 말을 잘하기 위해서는 다른 사람의 말을 더 잘 들어야 한다는 유재석 씨의 이야기를 듣고, 더욱 많은 이들과 '듣는 식의 대화'를 즐기게 되었습니

다. 그러다보니 자연스럽게 사람과의 관계도 좋아지고, 사람과 잘 소통하기 위해 어떻게 해야 하는지 점점 깨닫는 것 같습니다.

② 저는 꼼꼼하게 일 처리를 하는 것을 좋아합니다. 학창 시절에 더욱 좋은 결과를 위해 오답 노트를 적었던 것처럼 일의 과정과 결과를 빠짐없이 기록하고, 이를 통해 '어떤 유의 일에 대한 경험이 많은지'를 수시로 체크합니다. 이것이 곧 저의 '전문성'을 찾아내는 중요 지표 또는 단서로 활용할 수 있다고 믿고 있습니다.

장점은 다른 이들과 비교하는 것이 아닙니다. 자신이 자랑스럽게 제시할 수 있는 '나만의 특별함'을 말합니다. 작은 것이라도 괜찮습니다. 그걸 위해 했던 최소한의 노력이 있고, 나의 일부라고 느껴진다면 말입니다. 물론 타인과 비교해서 경쟁력이 낮을 수도 있습니다. 하지만 그조차 '진실성 있게' 답하지 못한다면, 결국 일에 대한 좋은 태도는 바랄 수 없을 겁니다. 가장 들켜서는 안 되는 것은 나의 '가짜 마음' 입니다. 가짜는 늘 외면받게 마련입니다.

Q 일과 아이 사이에서 늘 갈등합니다.

A 엄마가 죄책감을 갖지 않도록 주위 사람들이 '함께'해야 합니다.

Q 얼마 전에 아이가 어린이집에 첫 등원을 했습니다. 출근하는데 아직 말도 제대로 못하는 아이를 제 욕심 때문에 남의 손에 맡기는 것은 아닌지 생각이 들어서 눈물이 났습니다. 지금의 일을 지속하고 싶지만, 한편으로는 아이에 대한 죄책감이 들기도 합니다.

A 일하는 엄마들은 늘 '직장인'과 '엄마'의 역할과 책임 사이에서 갈등합니다. 그 갈등에서 엄마라는 역할의 무거움이 일을 압도하면, 어쩔 수 없이 자신의 일을 내려놓게 됩니다. 나의 행복보다는 아이의 행복을 위해 스스로의 커리어를 희생하고, 헌신하는 것이죠.

Q 네. 주변에도 출산과 함께 일을 그만두거나, 아이가 어린이집에 갈 때, 혹은 학교에 입학할 때 일을 그만두는 분들이 많습니다. 저도 그 길을 따르게 될까봐 두렵습니다. 아이를 사랑하는 만큼 내 일도 사랑하는데, 이런 마음을 가지는 것조차 엄마로서 자격이 부족한 것 아닌가 하는

생각이 들 때가 있습니다.

A 앞으로 일어날 수 있는 일이기는 하지만, 당장 눈앞에 닥친 일은 아니니까 지금은 그 고민을 멈추시길 바랍니다. 일과 육아를 병행하는 것에 대해서는, 가족(남편)과 육아의 책임을 현명하게 나누는 방향에 대해 고민해보라고 권하고 싶습니다. 그렇게 함으로써 엄마의 죄책감을 덜어내는 것도 좋습니다.

엄마 혼자서 모든 것을 감당해야 한다고 생각하지 마시고, 어떻게 하면 슬기롭게 일과 육아를 병행할 수 있을지, 이를 위해서는 내 일과 커리어를 '어떤 모습'으로 이끌어야 할지 생각해보면 좋을 것 같습니다.

엄마는 커리어를 가지면
안 되는 건가요?

사람은 나이가 들며 많아지는 역할과 책임 속에서 갈등합니다. 모두 잘하고 싶어서, 잘해내야 하는 것들이라서, 또는 잘해내지 않으면 주변으로부터 비난 아닌 비난을 받아서 등등 이유는 다양합니다. 어쨌든 남들처럼 또는 남들만큼 잘하고 싶은 마음이 누구나 존재합니다.

여기서 '부여받거나 스스로 선택한 모든 역할이 동등한 삶의 무게로 다가온다면 적절히 배분하여 구분하면 됩니다'라는 입에 발린 조언은 적합하지 않습니다. 실제로는 전혀 그렇지 않기 때문입니다. 우리는 살면서 맺는 모든 관계에서 역할 대비 상대방의 기대가 담긴 책임을 부여받습니다. 그리고 시간이 지나 점차 깊어진 관계는 더 큰 기대를 몰고 와 이전보다 높은 수준의 책임을 요구합니다. 그나마 그중에 가장 어렵지 않은 것이 '일(직장)'입니다. 왜냐하면 조직에서는 책임을 나눠 가져서 그 부담감을 줄일 수 있기 때문입니다. 누군가 나를 대신할 이들이 있고, 대안이 있다면 얼마든지 멈추거나 그만둘 수 있습니다.

그런데 삶에서, 유일하게 대신하기 어려운 역할이 있습

니다. 바로 엄마의 역할입니다. 제가 코칭을 통해 만나본, 엄마이자 직장인인 분들은 아빠이자 직장인인 분들에 비해 더 많은 책임을 요구받거나 스스로 더 많은 책임을 느끼고 있었습니다. '엄마'이기 때문에 포기하거나 감당해야 할 것들이 더 많았고, 모성애를 가져야 한다는 사회적 통념으로 인해 주변에서 다양한 요구를 받고 실제로 이행해야 했습니다.

그들은 한목소리로 말했습니다. "엄마는 커리어를 가지면 안 되나요?" 이런 질문이 나온다는 것부터가 아직도 가정 내에서, 사회 내에서 여성과 남성의 불평등이 존재한다는 증거입니다. 수십 년 동안 만들어진 문화가, 그 문화 속에서 자라난 우리들의 생각이, 그 생각에서 비롯된 우리의 말과 행동이 엄마들의 커리어가 계속되는 것을 막았을지도 모릅니다.

엄마와 엄마의 커리어를
존중해주세요

어쩔 수 없이 시작한 일이 아니고서는, 그 일을 계속하고 싶은 마음은 모두 마찬가지일 것입니다. 게다가 그동안 해온 일을 바탕으로, '미래에 되고 싶은 나의 모습(커리어의 방향성)'이 있는 분들에게는 지금의 일(직장)도 엄마라는 역할(책임)만큼 소중합니다. 따라서 이를 스스로, 그리고 주변에서 충분히 '인정하고 존중해주는' 것이 필요합니다. 거기서부터 두 역할(책임)을 병행하기 위한 노력을 지속할 수 있습니다.

1. 가장 필요한 것은 배우자를 포함한 가족의 도움입니다.

엄마들도 똑같이 밖에서 일을 하고 들어오면 피곤합니다. 육아를 엄마만의 일로 치부하지 마시고 '함께'하십시오. 너무나 당연한 일임에도 불구하고, 제가 만났던 분들 중에는 그런 분들이 드물었습니다. 회사를 마치고 집에 오면 '독박육아' 때문에 제가 드렸던 과제를 하지 못해 수차례 코칭 일정을 연기하기 일쑤였습니다. 다른 집들도 크게 다르지 않을 것 같아서 드리는 말씀입니다.

2. '함께 일하는 문화'를 정착시켜야합니다.

드라마 〈미생〉의 에피소드에도 나오지만, 아이는 엄마 '혼자' 키우는 것이 아닙니다. 온 마을이 도와서 키워야 합니다. 엄마로서의 역할이 중요한 때(아이가 어렸을 때)에는 회사에서 과도하게 많은 업무가 배정이 되지 않도록 배려하면 어떨까요? 그리고 그와 같은 기간이 지난 후에도, 가질 수 있거나 가져야만 하는 새로운 업무 경험의 기회에서 배제하지 않는 것입니다. 이를 통해 그들이 가진 전문성 및 가능성이 훼손되지 않고 유지될 수 있으며, 공평한 기회를 통해 함께 성장할 기회가 생깁니다. 그것이 곧 '함께 일하는 문화'이자 더 많은 사람들을 포용할 수 있는 사회입니다.

3. (일하는) 엄마들이 존중받도록 사회가 앞장서야 합니다.

실시되고 있는 출산장려정책과 그에 대한 폐해를 꼬집고자 하는 것은 아닙니다. 그러나 간혹 누구를 위한 정책인지 모를 정도로 그 정체성이 모호한 것들이 있습니다. 경제적 지원도 좋지만, 각자가 가지고 있는 인식 또는 문화를 개선하는 것에도 투자가 되었으면 하는 바람입니다. 또한 엄마들을 위한 직접 지원도, 앞으로 엄마가 될 이들이나 아빠가 될 이들에게도 더 많은 정책적 노력을 기울여야 하지 않을까 싶습니다.

커리어를 단순히 '일(직장, 직업 등)'을 일컫는 말로 이해해서는 한계가 있습니다. 누군가는 커리어가 인생을 좌우하고, 지향하고자 하는 인생의 방향에 따라 커리어가 결정될 수 있는 세상입니다. 엄마라는 역할 때문에 자신의 커리어를 포기하며, 생각지도 못한 인생을 사는 이들을 너무나 많이 마주했습니다. 주변의 도움으로 모두가 행복한 커리어를 이끌어갈 기회를 얻었으면 하는 바람입니다.

그렇다고 '엄마'를 대신할 누군가를 내세워야 한다는 대안을 내세우고 싶지는 않습니다. 현실적으로 불가능합니다. 저는 가정, 직장, 사회에서 엄마들이 차별받지 않도록 이를 뒷받침할 수 있는 조직과 사회의 전폭적 지원이 필요하다고 말하고 싶습니다.

물론 당장 큰 변화나 엄마들을 위한 실질적 혜택은 나타나지 않을 것입니다. 다만, 지금도 엄마와 직장인 사이에서 갈등하고 있는 분들에게 지지와 응원을 보내고 싶습니다. 그 어려운 두 가지를 병행하고 있는 것만으로도 대단한 일을 하고 있는 보통 이상의 사람이라고 말하고 싶습니다.

Q 같이 일하는 선배가 자꾸 윗사람 행세를 합니다.

A 직급보다 직책이 우선이라고 그 꼰대에게 알려주세요.

Q 같은 팀에서 일하는 선배가 있어요. 그 선배의 직급은 과장이고, 저는 대리입니다. 같은 팀이라고 해도 하는 업무는 다른데, 자꾸만 그 선배가 저에게 참견하듯이 지시를 내립니다.

A 한 팀이면 매일 마주쳐야 할 텐데 피곤하시겠네요. 함께 하는 업무가 많은가요?

Q 프로젝트로 일할 때, 같이하는 경우가 있어요. 제가 주로 백업을 할 수밖에 없는 입장이죠. 일에 대한 경험도 많지 않고, 아무래도 회사에 늦게 들어왔으니까요. 하지만 프로젝트가 끝난 후에도 제 일에 대해 이런저런 참견을 합니다.

A 그때부터 상하위가 만들어지며 그런 '불편한 관계'가 형성되었을 가능성이 높겠네요.

Q 분명 위아래 관계가 아닌데, 선배 앞에서는 작아지고 주

눅이 들어요. 어떻게 해야 할까요?

A 관계 설정을 다시 해야죠. 그와 나 사이에는 '위계'가 없다는 것을 알려줘야 합니다. 일로 맺어진 사이는 지시와 명령을 내릴 사람이 명확히 정해져 있습니다. 그 외에는 '조언'을 할 수는 있지만, 그게 '지시적 성격'이 되어서는 안 됩니다. 권한 밖의 일이니까요.

방법은 하나, 더 이상 (같은) 일의 주도권을 빼앗기지 않도록 하는 겁니다. 합리적인 방안을 계속 제시하고 설득하는 거죠. 또한, 지금과 같은 애매한 관계가 적어도 또 다른 사람과의 관계에서는 만들어지지 않도록 해야 합니다. 그래야만 불편한 관계를 피할 수 있고, 일에도 방해가 되지 않을 수 있죠.

조직은 사람이 아니라
일(직무와 직책)의 결합체입니다

조직은 직무, 직급, 직책으로 구성되어 있습니다. 직무는 주로 맡아서 하는 일을 말하고, 직급은 해당 직무에서 얼마나 많은 경험을 축적했는지 확인하는 기준입니다. 그리고 직책은 직무, 직급에 관계없이 특정 직무 또는 업무 영역을 총괄하는 책임자를 지칭합니다. 큰 조직을 맡아 관리하는 직책을 맡고 있으면, 그에게 권력(권위와 권한의 합)이 집중됩니다. 그의 리더십에 따라 일하는 형태 및 구조가 전혀 다른 양상을 보이기도 합니다.

우리나라는 과거에는 직급 중심의 조직이었습니다. 과장부터는 '준임원(책임자)'으로 보고, '의사 결정'에 참여할 수 있는 일정 권한을 주었습니다. 결제 및 발언권이 컸다는 뜻입니다. 직책이 없이도 결제 라인에 넣어 합리적 의사 결정을 추구했습니다. 회사들이 대부분 이런 방식을 취했고, 문제 제기를 하는 이들도 없었기 때문에 당연히 받아들였습니다.

그러나 빨라진 시장 변화에 맞춰 대응하는 데 '수직적 구조'로는 한계가 발생했습니다. 이러한 리스크를 줄이고, 보다 속도감 있는 의사 결정을 위해 조직 구조 및 업무 문화의 변화가 시작되었습니다. 현재는 대다수의 조직이 역할 중심으로 움직입니다. 그래서 직급보다는 명확한 직무에 의한 직책 중심으로 구조화되고 있습니다. 그 결과 더욱 기민하게, 전문성을 갖추게 되었습니다.

직장 동료와 선후배, 존경에서 존중으로

직무와 직책 중심의 조직 운영은 업무 시스템을 간결하게 만들었습니다. 게다가 과거에 비해 조직 이동 비율도 높아졌습니다. 사수, 부사수의 관계에 의한 도제식 운영은 많이 사라지고, 이제 선후배 관계는 존경보다 존중의 문화로 바뀌었습니다.

직장의 룰도 바뀌었습니다. 유교적 문화, 위계형 조직 체계는 나이와 경력이 낮은 쪽이 높은 쪽을 의무처럼 존경하도록 만들었지만, 이제는 (상대적) 직급이 높아도 직책이 없으면 공식적 권한이 없기 때문에 지시와 명령을 하지 못합니다. 물론 좋은 뜻의 조언이나 업무에 연관된 설명은 할 수 있겠지만, 일을 일일이 지시하고 가이드를 주는 것은 월권 행위라고밖에 볼 수 없습니다. 그래서 사연과 같이 공식적

위계 없이 함께 일하는 동료에게 이래라 저래라 하는 것은 '직장생활 속 가스라이팅'으로, 경계해야 하는 조직 문화의 폐단 중 하나입니다. 문제는 이것이 조직 전체에 악영향을 줄 수 있다는 것입니다.

그럼 어떻게 해야 할까요? 직제 개편으로 직급을 폐지하면 폐단이 사라질까요? 또는 직책에 따른 역할과 책임을 더욱 강화해서 이런 전횡을 최대한 차단할까요? 현명한 방법이 뭘까요?

◇◇◇

함께 일하는 문화의 개선
협력과 협업 구분

일은 혼자도 함께도 합니다. 여럿이 함께하는 일 속에 혼자 하는 일이 있고, 이를 합치고 나누기를 반복하며 원하는 목표에 도달하기 위한 노력을 개인 또는 조직이 하는 것입니다. 이때 직책을 가진 사람이 하는 일은 '조직의 일을 시스템화하여, 제대로 작동하도록 구성하는 것'입니다. 모두가 함께 일할 수 있는 환경, 방법, 과정 등을 현 상황과 조직에 맞도록 수정하고, 실무자에 비해 더 무거운 책임과 역할을 수행하며, 중간에서 일이 제대로 될 수 있도록 하는 것입니다.

예를 들어, 군대는 위계 조직입니다. 계급에 의해 지시와 명령의 권한을 분배하고, 직책을 가진 이는 더 큰 권력을 가짐과 동시에 무거운 책임을 수행합니다. 하지만 회사 속 직급은 계급이 아닙니다. 회사에서는 임의로 만들어진 협업 관계 속에서 조직의 목적과 목표를 달성하기 위해 서로 노력할 뿐입니다. 그 안에서 인정도 못 받는 권한으로 만든 권위의식에 빠져, 자신의 마음대로 누군가에게 지시와 명령을 자행한다면 건강한 조직이라고 볼 수 없습니다.

함께 일하는 문화를 위해 협력과 협업의 원리 원칙을 결정하는 것이 중요합니다. 무작정 '어떤 문제에 어떤 유의 대응을 한다'는 매뉴얼보다는 조직 나름의 방법론을 정립하고, 효과적이고 효율적으로 일하는 법을 모두가 익히고 관리하는 것이 필요합니다.

- 협력協力: 특정한 목적을 달성하기 위하여 서로 힘을 합하여 돕는 것.
- 협업協業: 생산 과정을 전문적 부문으로 나누고, 여러 사람이 각 부문별로 맡아서 일을 완성하는 노동 형태. 또는 많은 사람이 일정한 계획 아래 노동을 분담하여 협동적, 조직적으로 일하는 것.

협업은 함께하는 사람들이 ① 서로 어떤 일을 해야 할지 알고, ② 이를 합치고 나누는 기준을 공유하고 있어서 많은 일에 부드럽게 대처가 가능하고, ③ 굳이 정하지 않더라도 자연스럽게 분화 또는 합체되는 것입니다. 하지만 협력 과정, 즉 합을 맞추는 과정 속 다양한 시행착오 없이는 유기적 협업이 불가능합니다. 실력이 있어도, 조직과 그 조직의 비즈니스, 분야별 전문성의 이해 없이는 성과를 예측할 수 없기 때문입니다.

쉽게 말해 협업은 합을 맞춰봐야 하는 것이고, 협력은 조직 속 모든 이들의 기본 태도입니다. 따라서 조직이 정한 협력의 원리 원칙보다 우선이 되는 협업 규칙은 존재할 수 없습니다. 대신에, 이를 바꿀 수 있는 권한은 '직책자'에게 있습니다.

따라서 조직 속 직책자는 협업 활동을 위한 공동의 '목적 및 목표'부터 만들어야 합니다. 이를 통해 함께 일하는 경험치를 쌓고, 자주 하는 업무를 중심으로 각 직무 담당자들끼리 '협력 관계'를 발전시키는 것입니다. 이를 통해, 임의의 협업Task Force이 최적화된 루틴으로 다져지며, 필수 업무로 자리를 잡을 수 있습니다.

직책이 없거나 낮은 직급에 있는 이들은 아직 권한이 없기 때문에 구시대적인 조직 안에서 문화 자체를 바꾸기는 매우 어렵습니다. 만약 그렇다면, 저는 과감히 떠나라고 권합니다. 절이 도무지 맞지 않으면 중이 떠나는 수밖에 없죠. 대신에 그냥 무작정 떠나기보다는 그 조직이 가진 협력과 협업의 원리 원칙이 무엇인지, 이를 조직도 및 업무 방식과 연결하여 해석이 가능한지 살펴보라고 합니다. 이를 통해 적어도 조직이 가진 수직적인 면(보수성)의 수준과 내용을 평가하는 눈을 기른다면, 다른 조직에도 접목시킬 수 있기 때문입니다. 이러한 수행 과정으로 자신에게 맞는 문화를 알아보는 법을 익힐 수 있습니다. 물론, 많은 경험과 시행착오가 있겠지만요.

Q 시행착오도, 실패도 모두 싫어요. 성공만 하고 싶어요. 그것도 빠르게요.

A 실패하고 싶어 하는 사람은 아무도 없습니다.

Q 뭔가를 시작할 때 실패할까봐 너무나 두렵습니다. 그래서 가끔은 시도조차 겁이 날 때가 있습니다.

A 언제부터 그랬나요? 예전부터 그래왔다고 하면 원래부터 실패를 싫어하는 '완벽주의' 성격일 수도 있습니다. 반면에 최근부터 그랬다고 하면, 어떤 계기가 있을 것 같아요. 어디에 가깝나요?

Q 둘 다에 해당하는 것 같습니다. 예전부터 완벽하지 못하면 의미가 없다는 생각을 했고, 그래서 실제 어떤 일을 하고 나서 원하는 결과가 나오지 않으면 엄청나게 스트레스를 받곤 했습니다. 최근 회사에서 프로젝트를 하나 맡아 진행했는데, 생각만큼 결과가 좋게 나오질 않아서 매우 낙심했습니다. 아마 이것도 조금 영향이 있는 것 같습니다.

저는 평소에 다른 사람에게 뒤처지거나 지는 것이 정말 싫습니다. 밤에 잠을 못 잘 정도로 화가 머리끝까지 날

때도 있습니다. 이를 자초한 것이 저라는 것을 아는데도 이런 성격을 고치지 못하겠습니다.

A 그럼, 물어볼게요. 본인이 규정하는 성공과 실패의 정의는 무엇인가요?

Q ….

A 대부분의 사람들은 어떤 단어를 그저 아무 생각 없이 받아들입니다. 다시 말해 '나만의 정의'가 없습니다. 거기서부터 문제가 생깁니다. 각자 생각하는 성공과 실패의 기준이 다르니 각자 다른 목표를 위해 노력하고, 그 결과 네가 잘했냐 못했냐 다투면서 서로 싸우게 됩니다. 가끔은 타인과의 갈등이 아니라, 내 안의 갈등으로 번지기도 합니다. 정작 아무 문제가 생기지 않았음에도, 주도권을 내주지 않기 위해 갈등을 만듭니다. 그 갈등이 오히려 일을 망치게 만들기도 합니다.

가끔은 '성공'의 정의를
의심해봐야 합니다

성공과 실패는 본래 한 끗 차이입니다. 비즈니스라고 한다면 목표했던 매출, 이익을 달성하거나 초과하는 것을 성공이라고 할 것입니다. 직장인이라고 한다면 회사가 제시한 목표를 단시간 내에 달성하는 것을 성공이라고 할 것입니다. 그렇게 하면 많은 이들로부터 긍정적 피드백을 얻고, 다음 목표를 향해 나아갈 수 있습니다.

그런데 여기서 중요한 것이 하나 있습니다. 결과는 같아도, 과정은 모두 다를 수 있다는 점입니다. 따져보면 이것이 성공을 한 가지 모습으로만 정의할 수 없는 이유입니다. 실패를 피하는 것을 포함해, 새로운 과정을 통해 같거나 그 이상의 결과를 내는 것도 누군가에게는 큰 성공이라고 말할 수 있기 때문입니다.

사실 비즈니스 필드에서는, 온전히 나의 힘만으로 무언가를 이뤘다고 하는 것이 거의 불가능합니다. 한 사람이 통제하고 관리할 수 있는 것은 극히 일부에 불과합니다. 아무리 정교하게 기획하고 계획해도 매번 틀어지는 일들이 빈번히 발생합니다. 예를 들어 '비즈니스 성립의 핵심 요소인 고객은 기업의 통제의 대상이 아니다'라는 명제가 있습니다. 아무리 오랫동안 거래가 있었다고 한들, 언제든 고객 마음대로 계약의 주도권이 오갈 수 있습니다. 마치 집에 있는 가전제품을 S사의 작은 결함에 실망해 L사로 갈아타는 일이 비일비재한 것처럼 말입니다. 어느 시장이든 대체품이 있을 수 있고, 그 선택은 온전히 고객이 합니다. 과거에 비해 고객이 부담해야 하는 전환비용이 낮아졌기에, 이런 일들이 더욱 많아졌습니다.

또한, 매년 갱신되는 목표를 시장 및 조직의 성장 없이도 쉽게 달성할 수 있을까요? 이것도 불가능에 가까운 일입니다. 조직이 제공해주는 시스템 없이 조직을 뛰어넘거나 대변할 만한 성과는 아무에게나 나올 수 없습니다.

생각해보면 오랫동안 성공 가도를 달려온 사람에게 성공만이 있었을까요? 실패의 경험이 성공에 가려져 있을 가능성이 높습니다. 쉽게 말해 우리는 그 사람과 직접 생사고락하면서 일을 해보지 않고서는, 그가 어떤 고민의 나날을 겪었는지 알 수 없습니다. 성공을 위한 과정은 보지 못하고, 결과만 보는 것입니다.

직장인의 성공은
결과보다 진정성 있는 과정에 있습니다

제가 생각하는 직장인으로서의 진짜 성공은 '반복할 수 있는 성공'입니다. 성공으로 나아가는 과정 속에 크고 작은 실패는 늘 있습니다. 적기에 원하는 수준에 일시적으로 도달하지 못하는 것은 비일비재한 일입니다. 그러니 결과만을 목표로 삼지 말고, 성공을 위한 과정의 완성도를 높여가는 것을 목표로 삼아야 합니다. 이를 통해 남과 내가 기대하는 성공의 수준을 높여갈 수 있습니다.

만약 당신이 지난번에 한 성공을 재연할 수 없다면, 당신은 성공했던 '순간'만 기억하고 있는 것입니다. 그때가 가장 아드레날린이 많이 분출된 환희에 찬 순간이기 때문입니다. 진정성 있는 과정을 밟으며 완성도를 높여가지 않으면, 당신이 진정으로 원할 때 그 순간을 누군가에게 빼앗길 수 있습니다.

빠르고 정확한 '진짜 성공'을 원한다면 이제부터 당신이 해야 할 일이 있습니다. 바로, 성공과 실패를 가르는 명확한 기준을 정하는 것입니다. 곧 목표입니다. 성공과 실패는 '목표'로부터 시작됩니다. 얼마나 타이트한 목표를 세우고, 이를 얼마나 합리적이고 논리적이며 객관적으로 달성했는지를 살펴보고, 다시 목표를 세우고 실행하는 작업을 반복합니다. 이를 연속성 있게 실행할 수 있는가에 따라 진짜 성공과 일시적 가짜 성공을 구분할 수 있습니다.

목표를 세웠다면 ① 목표를 위해 51% 이상의 완성도를 가진 기획과 49%의 계획을 결합하십시오. 세상에 성공을 위한 완벽한 계획은 없습니다. 방향성을 가진 기획과 그 방향으로 제때에 이끌 수 있는 계획이 있을 뿐입니다. 이 둘의 적절한 조합의 비율을 51:49로 보고, 상호 보완적 관계로 이끌며 실행하십시오. 쉽게 설명하면, 통제 가능한 요소(기획)와 불가능한 요소(계획)을 분리해 목표를 실행하며 그 정교함을 더하는 것입니다.

② 성공을 반복하기 위해 실행 과정을 꼼꼼히 기록하십시오. 진짜 성공은 과거에 성공했던 순간을 다시 재현하는 것입니다. 따라서 이 가능성을 높이기 위해 '성공으로 가는 과정'에 대한 꼼꼼한 기록이 필요합니다. 예를 들어 고객을 설득하여 뜻하지 않게 영업 실적을 올렸다면, 그 과정을 꼼꼼히 기록하고 이를 참고삼아 다른 고객에게 재현하는 시도를 해보는 것입니다.

③ 성공으로 가는 여러 단계에서, 각 방법의 효과와 효율성을 검증하십시오. 성공으로 가는 과정은 여러 단계로 구분

됩니다. 그리고 각 단계를 해결하는 방법은 제각각일 수 있습니다. 각 단계마다 영향을 주는 내/외부적 요소를 모두 고려하고, 다양한 해결 방법을 고민하고 시도해보십시오. 이렇게 하면 다양한 사례에 대응할 수 있는 역량을 키울 수 있습니다. 당장은 아니더라도 나중에 써먹을 수 있는 방법을 찾을 수 있고, 현재에 필요한 최적화된 방법도 만들어낼 수 있습니다. 1타 2피가 되는 것입니다.

④ 문제 해결 방법과 일하는 방식을 공론화하십시오. 진짜 성공을 위해서는 '나만 알고 있어서는' 안 됩니다. 함께하는 동료들과 성공에 대한 생각을 나누고, 목표를 달성하기 위한 다양한 방법에 대해 충분한 논의를 해야 합니다. 그 과정에서 나와 그들의 성공에 대한 생각을 비교하며, 격론을 벌이고 우리만의 일하는 전략을 공론화할 수 있습니다. 이것이 조직의 성장과 나의 성장을 이끌고 성공 '타율'을 높여줍니다.

전설의 메이저리그 타자 베이브 루스는 가장 많은 홈런을 쳤지만, 가장 많은 삼진 아웃을 당하기도 했습니다. 과연 그는 삼진을 당할 때마다 배트를 집어 던지며 후회했을까요, 다음에 더 잘하기 위해 무엇을 해야 할지 고민했을까요.

순간의 성공과 실패에 일희일비하지 마시기 바랍니다. 살다보면 누구나 성공과 실패를 경험합니다. 실패라고 생각하는 경험에서도 무엇을 배울 것인가가 중요합니다. '성장'하고 싶은 사람은 이 경험을 통해 앞으로의 성공률을 높이고 실패율을 줄이려고 꾸준히 노력합니다. 그러니 당신도 실패에 집중하기보다는 '나에게 맞는 성공 전략 방향'을 정하는데 힘쓰는 건 어떨까요?

3장

보다 넓고 깊게, 전문성 기르는 법

Q 이직이 처음인데 어떻게 해야 할까요?

A 첫 취업 때, 어떻게 했나요? 그때와 무엇이 달라졌다고 생각하나요?

Q 이직을 하고 싶습니다. 그런데 어디서부터 어떻게 준비를 해야 할지 잘 모르겠습니다.

A 처음이면 그럴 수 있죠. 혹시 가고 싶은 회사가 있으신가요? 탐나는 자리 같은 거요.

Q 딱히 그런 건 없습니다. 그냥 계속 이 회사에 있자니 매너리즘에 빠지는 것 같고, 일에 집중도 잘 안 되는 것 같아서요. 뭔가 변화가 있어야 할 것 같아서 새로운 돌파구를 이직을 통해 찾는 중입니다.

A 그렇다면 이직을 하는 특별한 사유는 없고, 표면상으로는 '성장하고 싶은 욕구' 때문이라고 해석할 수 있겠네요.

Q 네. 맞습니다. 제가 어떤 준비를 해야 할까요?

A 첫 직장을 구할 때 어떤 노력과 준비를 했나요? 당시와

어떤 부분이 달라졌다고 보시는지요?

Q 남들처럼 평범하게 했던 것 같습니다. 토익 점수, 자소
서, 필요한 자격증에 신경을 썼죠.

A 아마 당시와 똑같이 해도 되는지가 가장 고민스러울 겁
니다. 분명히 그동안 직장을 다니며 변화가 있었는데, 어
떤 변화가 있었는지 말이나 문서로 설명하기란 어려우니
까요. 그렇지만 대우는 지금보다 나아지길 바라시겠죠.
그래서 계속 갈등하는 겁니다.
가장 먼저 '일에 대한 가치관 정립'을 해보시길 권합니다.
내가 무엇에 가치를 두고 일하는지 살펴봐야 합니다. 돈
만 벌면 되는 것인지, 그 안에서 나만의 보람을 찾고 있
는지 말이죠. 그 경중과 우선순위에 따라, 다음 준비를
위해 실질적 노력을 해야 하는 것들이 개인마다 다르게
나타날 수 있습니다.

이직을 하는 이유

이직을 하는 이유는 크게 두 가지로 구분할 수 있습니다.

하나는 '성장'입니다. 현재의 회사에서 가로막힌 성장을 다른 회사에 가서 타파하는 것입니다. 안타깝게도 이런 식의 이직은 거의 없습니다. 왜냐하면, 다른 회사에서 어떤 일을 하는지 정확히 알 수 있기란 거의 불가능하기 때문입니다.

다른 하나는 '도피'입니다. 지금의 회사로부터 부당한(?) 대우를 받으면 이런 마음을 갖게 됩니다. 사람이 싫어서, 업무가 싫거나 맞지 않아서, 더 이상 지속해야 할 명분을 잃어버려서 등등 여러 이유가 있습니다. 그런데 지금 말한 것들은 '이직의 사유'가 아니라 '퇴사의 사유'인 것 아시나요?

이직을 위해 풀어야 할 문제
첫째, 일에 대한 가치관 정립

사실, 이직(다른 일로 나의 자리를 옮기는 것)은 '성장'을 위한 시도입니다. 연봉이 높아지든, 대우나 위상이 달라지든, 결국은 그 모든 것이 지금보다 나아진 모습을 갖기 위한 노력 중 하나인 것입니다. 그러니 이직을 하기 전 지금의 일을 그동안 왜 해왔는지, 무엇을 바라고 계속 해왔는지, 경제적 이익 외에 다른 이유는 없는지 생각해봐야 합니다. 이때 주목해야 할 것은 '다른 무언가'입니다. 이 일을 지속한 이유에는 현재의 만족 이외에도, 미래의 내 모습에 대한 기대가 포함되어 있을 겁니다. 그것이 곧, 내가 현 직장과 직무를 지속하면서 지향하는 미래 가치입니다.

사람들은 조직 내에서 존재감을 드러내거나, 제시한 아이디어가 실현되는 것을 보거나, 누군가의 성장 및 성공을 돕거나, 누구도 쉽게 풀지 못한 문제를 해결하는 등의 다양한 이유로 행복감을 느끼며 각자의 일을 하고 있습니다. 그 속에서 필요한 경험을 쌓고, 이를 발전시켜 원하는 성장의 상태로 이끌어가는 것이 우리의 커리어입니다.

당신이 일을 그만두는 이유도, 지속해야 하는 이유도 명확하게 논리적으로 설명할 수 있어야 합니다. 혹시 당신이 일을 하는 데 '돈 버는 것' 이외에 다른 이유가 떠오르지 않는다면, 언제든 만족할 만한 급여를 받지 못하면 일을 그만둘 거라는 말과 같습니다. 그런데 과연 그런 생각과 태도로 일을 평생 지속할 수 있을까요? 저는 어렵다고 봅니다.

이직을 위해 풀어야 할 문제
둘째, 직장을 그만두는 명확한 이유

'절이 싫어서 중이 떠나는 것'은 퇴사의 사유이지, 결코 이직의 사유가 아닙니다. 현재 있는 곳에서 성장의 한계를 느꼈고, 이로 인해 나에게 필요한 성장을 제공해줄 수 있는 곳을 탐색하다가, 원하는 곳을 발견하고 유레카를 외치는 것이 이직의 사유입니다. 가장 건강한 이직 사유이기도 합니다.

그러니 이직을 위해서는 '그만둬야 하는 이유'에 집중하는 것이 아니라, 가고 싶은 곳에 '가야만 하는 이유'가 있어야 합니다. 경제적인 이익, 미래의 성장, 조직에서 얻는 새로운 경험 등으로 나누어 그것들이 나에게 어떤 가치로 다가오는지, 그로 인해 나는 어떤 변화를 기대할 수 있는지를 가늠하고 정리해봐야 합니다.

이때 그들로부터 얻게 될 것과 내가 그들에게 줄 수 있는 것을 각각 정리해보고, 이로 인해 나도 그들도 어떤 모습으로 발전할지 구체화하면 그것이 곧 '지원 동기'로서 해석될 수 있습니다. 어쨌든 비즈니스니까 기브 앤드 테이크Give & Take가 있어야 하겠지요. 또한 '그들에게 줄 수 있는 것'에 대해 명확한 근거가 있어야 합니다. 그래야만 '설득'을 하고 함께 일할 수 있을 기회를 가질 수 있습니다.

이직을 위해 풀어야 할 문제
셋째, 그들에게 무엇을 줄 수 있는가

신입으로 입사하는 것과 경력자로 입사하는 것에는 큰 차이가 있습니다. 유사 업계 및 직무로의 이직에서는 '과거의 경험을 바탕으로 내가 제공할 수 있는 가치'에 대해 논리적 설명이 가능해야 합니다. 입사하자마자 빠르게 적응하는 것은 필수고, 조직이 바라는 성과를 단기간에 만들어야 합니다.

단순히 경력 연차로 인정받는 시대는 지났습니다. 어떤 직장에서 어떤 경험을 쌓았고 어느 정도의 실력을 갖고 있는지, 내가 가진 가능성이 얼마나 되는지, 따라서 이직하는 곳에서 무엇을 제공할 수 있으며 이를 무엇으로 증명할 수 있는지 적합한 주장과 근거가 필요합니다. 당연히 증명할 수 있는 무언가(포트폴리오를 포함한 각종 증거물)가 있어야 하고요. 그래야만 보다 유리한 위치에서 자신 있게 스스로를 드러낼 수 있는 기회를 잡을 수 있습니다.

Q 경력자는 지원 동기를 어떻게 써야 하나요?

A 자신의 업무 경험을 바탕으로, 제안하듯 써야 합니다.

Q 회사에서 마케팅팀으로 일하고 있습니다. 지금 회사는 의견을 내도 잘 받아들여지는 분위기가 아니라서, 점점 존재감을 잃다보니 열정도 많이 사라졌습니다. 아이디어도 활발하게 내고, 좀 더 많이 참여하면서 재미있게 일할 수 있는 곳으로 이직하고 싶습니다. 그런데 신입 때와 다르게 지원 동기를 어떻게 써야 할지 감이 잡히지 않습니다.

A 네, 경력자의 지원 동기는 신입과 달라야 합니다. 신입 때처럼 '열정과 패기'만을 보여주는 것으로는 설득이 안 되니까요. "시켜만 주세요. 열심히 하겠습니다"와 같은 모습은 경력자에게 어울리지 않습니다. 경력자는 경력자답게 명확한 '명분'과 '역량'을 서류에서부터 보여줄 수 있어야 합니다.

그 출발은, 가고 싶은 회사를 고를 때부터 시작됩니다. 합리적 기준으로 갈 수 있는 괜찮은 회사를 분류하고 선별한 뒤, 그 과정에서 얻은 메시지를 비즈니스에 기반한 지원 동기로 표현하면 됩니다. 여기서 핵심은 '비즈니스에 기반한 포인트를 얼마나 잘 표현할 수 있는가'입니다.

경력자 전용
입사 지원서 작성법 5단계

대부분의 입사 지원자들은 이직할 때 (신입이든 경력이든) 회사의 크기, 역사, 매출 규모, 인원수, 연봉 등 숫자로 볼 수 있는 것을 주로 살펴봅니다. 거기서 가장 중요하게 생각하는 기준으로 줄을 세워, 1위부터 00위까지 정리한 후 순서대로 공략하지요. 이 정도가 가장 크게 하는 노력입니다.

그런데 이렇게 외형을 위주로 회사를 고르지만, 그것을 지원 동기에 쓸 수는 없는 노릇입니다. '나 속물입니다'라고 드러내놓고 말하는 꼴이니까요. 게다가 경력자라면, 신입 때처럼 열정과 패기로 지원 동기를 채울 수도 없습니다. 경력자임에도 불구하고 '나는 그동안 일하며 배운 게 없습니다'라는 것을 밝히는 꼴이나 다름없습니다.

그러면 경력자의 입사 지원서는 어떻게 채워나가야 할까요? 이번 기회에 경력자 전용 지원 동기 쓰는 법을 익혀두시기 바랍니다.

1단계. 시작은 시장 조사

가고 싶은 회사, 일하려는 직무 등의 최신 리스트를 확보

해야 합니다. '지원 동기'이기 때문에, 회사를 기준으로 그 동기를 찾을 수 있어야 합니다. 이를 위해 적어도 어떤 비즈니스를 하는 회사이고, 그 속에서 내가 해야 하는 직무적 역할과 책임이 무엇인지는 알아야 합니다. 추가로, 증원 또는 충원 중에 어떤 유의 채용인지 알면 더 좋습니다. 이를 파악하는 것조차 귀찮다면 괜찮은 이직은 꿈도 꾸지 말아야 합니다. 누차 말하지만, 그런 마인드를 가진 이들은 아무리 실력이 좋아도 회사에서 '뽑고 싶지 않은 최악의 인재'일 가능성이 높습니다. 회사는 인재^{人材}에 의한 인재^{人災}의 발생을 가장 두려워합니다.

2단계. 회사의 역사적 자료를 검토하며 성장의 흐름을 익히기

확보한 리스트 속 회사의 역사적 자료$^{Historical\ Data}$를 검토합니다. 회사가 성장해온 과정을 세부적으로 이해하면서 내/외부 환경을 살피고, 상황에 따라 어떤 상호작용이 일어났으며, 그때마다 어떤 결정과 영향으로 성장할 수 있었는지, 그 안에서 내가 맡게 될 직무가 어떤 영향을 주었는지 등을 찾아보는 것입니다.

이는 합류하게 될 회사 속 구성원과 다각도의 공감대를 갖기 위한 노력입니다. 이를 기반으로 조직의 성장 추이 대비 나의 성장 가능성과 시너지에 대해 생각해볼 필요가 있

습니다. 이 과정에서 '충분한 공감 및 합리적 상상'이 이루어지지 않는다면 리스트에서 제외해야 합니다.

3단계. 지원하려는 회사가 포함된 시장의 구조를 파악하기

업계 지도Industry Map는 업계 상황을 파악하는 데 가장 유효한 프레임입니다. 비즈니스가 시장 속에 잘 안착되었는지, 보는 관점에 따라 다른지, 시작부터 최근까지 시장 속에서 어떤 역학관계의 변화가 있었고 앞으로 있을지를 예상해봐야 합니다. 단순히 현재 모습을 그리는 것에 그치지 말고, 일정 주기로 어떤 변화가 있었는지, 그 과정에서 관계상의 변화를 함께 살펴봅니다. 이를 바탕으로 지원 기업과 업계 속 각 플레이어의 다음 행동을 예측하며 비즈니스 감각을 키울 수 있습니다. 만약 업계에 대한 충분한 이해가 있다면, 그들의 성장을 위한 여러 방면의 실질적인 전략적 선택지를 가늠해볼 수 있습니다.

여기까지 왔으면, 지원하려는 회사의 겉과 속 탐색, 그 과정에서 필요한 기초 정보와 최신 정보는 대부분 얻은 것입니다. 이를 통해 실질적 지원 기업의 '전략적 분석'이 필요합니다. 내가 입사하여 얼마나 성장할 수 있는지 살펴보는 것입니다.

4단계. 지원할 기업의 강/약점 분석하기

위의 업계 지도를 기초로 강/약점 분석을 합니다. 강점은 해당 기업이 타 경쟁사나 대체 기업, 또는 서비스에 비해 목표 고객의 만족도, 가치 제공에 탁월함을 보이는 특징을 말합니다. 따라서 '비교 우위 또는 저위'가 각각 강점과 약점이 됩니다. 1차로는 기능상의 비교를 통해 겉으로 보이는 것에 대한 비교를 할 수 있고, 2차로는 고객의 입장에서 느끼는 점, 특유의 전략 및 전술에 대한 고객의 직간접적 반응을 구분하여 정리할 수 있습니다.

5단계. 업계 트렌드 살펴보기

트렌드는 최소 10년 이상 변화하지 않았던 큰 흐름을 말합니다. 업계 속 트렌드가 무엇인지 살펴보고, 트렌드가 될 수 있는 일시적 유행도 함께 확인합니다. 그리고 지원 기업에서는 크고 작은 흐름에 어떻게 대응해왔고, 할 것인지를 살펴봅니다. 더 나아가 현재보다 성장하거나, 경쟁사 대비 전략상으로 우위를 점하기 위해 어떤 트렌드와 유행에 유의하고 대응해야 할지도 이야기할 수 있으면 좋습니다.

위의 5단계 활동을 통해 가고 싶은 회사도 고르고, 지원할 수 있는 기본 준비도 마칠 수 있습니다. 이를 '비즈니스 간단 분석'이라고 합니다. 회사 및 업계에 대한 전반적인 흐름을 기반으로 업계 지도를 그리고, 그 속에서 고객의 만족도, 경쟁사 대비 강약점을 찾아 현 상태를 파악하고, 오래도록 이어진 시장 동향과 유행을 통해 발생 가능한 향후 전망을 분석하는 것입니다.

위의 모든 활동은 조직의 약점을 보완하고 경쟁력을 높이기 위해 내가 맡은 직무 내에서 내가 어떤 시도를 할 수 있는지, 나의 생각을 논리적으로 보여주기 위함입니다. 이것이 '지원 동기이자 업무 기획서'가 될 수 있습니다. 한낱 글에 불과하지만, 그들의 시선을 잡아 끌 수 있는 힘을 가집니다.

신입과 경력자의 차이는 '경험'입니다. 당신이 해왔던 일이 다른 회사에서는 어떤 가치와 의미를 가지는지 가늠할 수 있어야 합니다. 그리고 그것을 최대한 적극적으로 표현할 수 있어야 합니다. 그들의 비즈니스적 입장을 반영하여, '말이 되게' 말입니다.

"나 실력은 충분하니까 뽑아가"라고 무작정 이야기하기보다는, 그 회사에 가기 위해 '이 정도까지 생각하고 준비했다'는 것을 보여주며 의지를 표현하십시오. 이때 직무 관련 전문성을 대변할 수 있는 실제 경험을 전하고, 이를 보충할 수 있는 비즈니스 인사이트를 보여주는 것입니다.

이렇게 준비하면 지원하는 입장에서도 훨씬 효과적입니다. 다음 회사를 '비즈니스 논리'에 의해 합리적으로 고를 수 있기 때문입니다. 게다가 가지 말아야 하는 회사를 제거하고, 남은 회사 중 지원 가능한 가치 있는 회사를 골라낼 수 있습니다. 또한 이를 꾸준히 연습하는 과정에서 합리적 비즈니스 관점을 정립할 수도 있습니다.

무엇보다도 가장 어렵고, 귀찮고, 까다로운 지원 동기를 확실한 설득의 논리로 완성할 수 있습니다. 이것이 경력자다운 비즈니스에, 진심이 담긴 프로페셔널한 모습입니다.

Q 신입 때보다 발전된 모습을 면접에서 보여주고 싶어요.

A 경력자의 면접은 편안한 대화를 '주도'할 수 있어야 합니다.

Q 오랫동안 한 직장에서 일했는데, 몸값과 내 가치를 높이기 위해 이직을 해야 한다는 생각이 들었습니다. 그래서 평소 선망하던 곳에 이력서를 냈고 면접을 볼 수 있는 기회를 갖게 되었습니다.

그런데 걱정은, 평소에는 괜찮은데 면접 같은 자리에서는 유독 얼굴이 빨개지고 목소리가 떨립니다. 자리를 깔아주면 뭔가 말하기가 꺼려진다고 할까요.

A 맞습니다. 저도 여전히 그런(?) 자리에서는 긴장이 되곤 합니다. 면접을 보는 경우는 없지만, 비슷한 자리는 자주 있거든요. 그런데, 긴장하는 것과 관계없이 중요한 점은 이제 나는 신입이 아니고, 나란 사람을 그쪽 회사에서 일부 '인정'했다는 것입니다. 면접 기회는 곧 내가 그 회사가 정한 일정 기준을 충족했다는 증거이기 때문입니다. 그러니, 당당해지셔도 좋습니다. 그동안 쌓아온 경험을 바탕으로 얼마나 매력적이고, 괜찮은 실력을 가진 사람인지를 어필하면 됩니다.

신입과 경력의 차이점은, 그들이 경력직에게는 즉시 '전력감'을 원한다는 것입니다. 신입 때처럼 무작정 열심히 하겠다는 태도보다는 실제 어떤 일을 하고 싶고 할 수 있는지 명확히 밝히고, 허심탄회하게 이야기를 나누는 것이 좋습니다. 분위기를 이끌어갈 수 있으면 더 좋고요.

Q 분위기를 이끌어가는 건 아직 저에게는 힘든 일 같아요. 나름대로 준비는 하겠지만, 그래도 혹시 면접에 강해지는 팁 같은 것이 있으면 알려주세요.

A 나의 평소 캐릭터를 어필하고, '일과 관련된 이야기'에만 집중하는 것입니다. 즉 '대화를 주도할 수 있는 핵심 주제'를 내가 미리 준비해 이야기가 다른 곳으로 새지 않도록 하는 것입니다.

회사는 경력자에게
면접에서도 기대를 합니다

경력자는 경력(실력)을 인정받아 입사하는 사람입니다. 따라서 입사할 만한 자격 검정의 기준이 신입과는 전혀 다릅니다. 조직은 당장 들어와서 일을 할 수 있는(조직 및 리더가 원하는 가치를 만들어낼 수 있는) 사람을 원합니다. '일다운 일'을 할 수 있는 사람 말이죠. 그래서 면접 분위기가 무겁게 흐르는 경향이 있습니다. 질문부터 날카롭거나 묵직합니다. 전 직장에 대한 퇴사의 이유부터, 실무와 관련한 돌발 질문, 일에 대한 본인의 소신과 철학, 심지어 당장 맡게 될 업무상 문제점에 대한 논의 등 회사, 직무, 면접관 성향에 따라 천차만별입니다.

경력직 면접자들은 늘 면접 전과 면접 상황 속에서 갈등할 수밖에 없습니다. 예상했건 하지 않았건 해당 질문의 의도를 파악해 적절한 답을 내야 하며, 이어지는 추가 질문에 대한 대응에서도 면접관에게 지지 않는 모습을 보여줘야 하기 때문입니다.

게다가 내 마음에 차는 답변을 해야 할지, 아니면 그들이 마음에 들어 할 만한 답변을 해야 할지, 또는 예의에 어긋나지 않는 선에서 질문을 해야 할지, 아니면 질문하지 않는 것이 예의인 것인지 등등 찰나의 순간에 수십 가지 경우의 수를 바탕으로 내적 갈등을 벌입니다. 만약 면접 상황에서 심한 내적 갈등을 겪고 있다면, 면접관과의 수 싸움에서는 진거나 다름없습니다. 프레임 설정의 주도권을 이미 상대방에게 뺏겼다는 징후이기 때문입니다.

경력직 면접자라면, 가능한 한 면접관과의 대화 주도권을 본인에게 가져와 공통의 관심사를 통해 공감대를 만들 수 있어야 합니다. 이는 조직에 합류하여 일을 하게 될 사람의 입장에서 가능한 현실적 조치와 해결책을 얼마나 말로 적절히 설명할 수 있는가에 따라 결정됩니다. 수려하고 화려한 언변을 자랑하는 것과는 차원이 다른, 일종의 전략입니다. 그러기 위해서 알아두어야 할 것이 있습니다.

경력자다운
면접법 일곱 가지

하나, 솔직해야 합니다.

아는 것은 아는 대로, 모르는 것은 모른다고 솔직하게 답할 수 있어야 합니다. 사실을 그대로 말하고 가급적이면 과장하지 않습니다. 괜히 부풀려 말했다가, 손해를 볼 수도 있기 때문입니다.

둘, 일방적으로 대답만 하지 않습니다.

신입에게 면접은 인터뷰Interview이지만 경력직에게는 대화Conversation입니다. 따라서 한쪽이 일방적으로 주제를 설정하고 끌려가지 않도록 주의하며, 묻는 말에 답변만 하지 않도록 해야 합니다.

셋, 공감대를 찾습니다.

면접은 일을 함께하기 전 거치는 일종의 소개팅이나 맞선 같은 것입니다. 즉, 조직의 현안을 포함해 업계에서 겪을 수 있는 여러 문제를 주제로 삼아 대화를 나누는 것입니다. 그 과정에서 자연스럽게 대화의 주도권을 가져와 즉석 컨설팅이 이루어지기도 합니다.

넷, 적절한 질문 리스트를 미리 준비합니다.

회사를 탐색하고 그 결과를 질문으로 준비합니다. 이는 자신을 보호하고 더욱 빛나게 할 수 있는 무기입니다. 면접관과 주도권 싸움에서 우위를 점할 수도 있고, 공감대도 찾을 수 있습니다. 필요하다면 말끔하게 프린트를 해서 면접장에 가져가도 좋습니다.

다섯, 당황한 기색을 드러내지 않습니다.

당황스러운 질문으로 난감한 상황이 연출될 수 있습니다.

일부 짓궂은 면접관은 테스트를 위해 일부러 대답하기 곤란한 질문을 하기도 합니다. 따라서 처음부터 끝까지 평정심을 유지하려고 노력하며 대화에 임해야 합니다. 모르면 모르는 대로, 알면 아는 대로, 자신의 생각을 논리적으로 펼치는 것에 집중합니다.

여섯, 말을 끌거나 더듬지 않습니다.

당황해서 "아… 음…." 등의 반응으로 수 초 동안 침묵하는 것은 치명적일 수 있습니다. 차라리 생각할 시간을 30초에서 1분 정도 달라고 하는 것이 더욱 '있어' 보이는 대처 방안일 수 있습니다. 능수능란하지 않아도 됩니다. '차분함'이 우선입니다. 결국 그 태도가 평소의 내가 일을 할 때 보여주는 모습이 될 것이기 때문입니다.

일곱, 관계를 만들려고 해야 합니다.

같거나 연결된 업계의 이동이라면, 건너건너 아는 사이일 수밖에 없습니다. 이미 레퍼런스 콜을 돌렸을 수도 있습니다. 따라서 채용 성사 여부와 관계없이 매너를 지켜야 합니다. 명함을 주고받을 때에도 예의를 지키고, 면접의 분위기가 좋지 않았더라도 "혹시 이번 기회가 아니더라도, 다시 다른 자리에서 만나고 싶다"는 등의 뉘앙스로 자리를 적당히 정리할 수 있어야 합니다. 그 정중함이 자신의 권위를 대변해줄 수 있기 때문입니다.

면접 준비는 평소에,
이직도 마찬가지입니다

빤한 말이지만 무엇이든 '평소에 얼마나 준비했는가'에 따라 다른 결과를 가져옵니다. 면접에서 좋은 결과를 얻고 싶다면, 평소에 일 또는 관련 비즈니스에 꾸준한 관심을 표명하시기 바랍니다. 이를 통해 현업에서 다채로운 경험을 할 수 있고, 다양한 관점으로 해석하는 눈을 기를 수 있습니다. 게다가 그러한 노력은 나의 말과 행동에 반영되게 마련입니다. 이러한 평소의 인사이트가 중요한 자리에서 기회를 놓치지 않게 하는 힘이 됩니다.

다양한 업계의 소식을 접하고 관련 제품과 서비스, 기술 등의 변화를 보다 정확하고 빠르게 습득할 수 있도록, 이를 적절히 해석하고 정리하는 글쓰기를 꾸준히 하는 것도 도움이 됩니다. 물론 이것은 면접을 위해서라기보다는 실력을 쌓고, 프로페셔널한 태도를 갖는 것에 목적이 있습니다. 또한 현장에서 일할 때, 일과 관련하여 가지는 모든 자리가 면접과 같은 무게감을 가졌다고 생각하고, 그때마다 진정성 있는 태도를 보여주려고 노력하면, 면접 때에도 제대로 본인의 실력을 발휘할 수 있습니다.

경력자는 자신이 거쳐온 길, 나아갈 길이 무엇인지를 분명히 설명하고 증명할 수 있을 때 그 가치를 '제대로' 인정받을 수 있습니다. 결국, 평소에 걸어온 길이 자신의 커리어가 가지는 방향성에 그대로 맞닿아 있기 때문입니다.

Q 합격했지만, 왜 뽑혔는지 모르겠어요.

A 직장인 대부분은 잘 모릅니다. 심지어 뽑은 사람도 모르는 경우가 많습니다.

Q 회사에 들어왔습니다. 그런데, 제가 왜 뽑혔는지 모르겠어요.

A 질문의 의도가 무엇인지 잘 모르겠네요. 좀 더 자세히 이야기해주실 수 있으신가요?

Q 처음에는 회사가 저를 뽑은 이유가 분명히 있다고 생각했어요. 당연히 이전 직장의 경험이겠죠. 그런데 막상 들어와보니 전혀 그런 것 같지 않아요. 저의 원래 업무뿐 아니라 별별 일을 다 맡아서, 지금은 제가 무슨 일을 하는 사람인지 모르겠어요. 분명히 나름의 쓰임새가 있다고 생각하고 들어왔는데, 그게 흔들리면서 제 존재감이 희석되어가는 것 같아요.

A 뽑힌 이유가 당신이 가진 직무 경험 때문이라고 했죠? 그럼 떨어진 사람들은 그 경험이 없었을까요? 아닐 겁니다. 그 사람들보다 당신에게 더 나은 무언가를 봤기 때문에

뽑혔을 거예요. 그런데 이 부분은 말로 설명하기 어렵습니다. 혹자는 이걸 그들 특유의 '감'이라고 합니다. 심지어는 채용 과정에서 관상을 본다는 곳도 있죠. 별별 시답지 않은 이유로 사람을 떨어뜨리고 붙이는 겁니다.

Q 아무튼 모든 게 꼬여버린 느낌입니다. 지금처럼 회사에서 시키는 일을 모두 처리하며 버티듯이 일하자니 한계가 왔어요. 저는 어떻게 해야 할까요?

A 결국 답은 '전문성'에 있습니다. 그 전문성은 업무 경험으로 쌓이지만, 정의는 스스로 내리는 것입니다. 갖고 싶은 전문성에 대한 새로운 접근이 필요한 시점이라고 판단됩니다. 전문성에 대해 본인이 납득할 만한 정의를 내리고, 이를 뒷받침하는 경험과 성과로 증명할 수 있어야 합니다.

회사가 누군가를 뽑는 데는 이유가 없습니다
그냥 그 사람이 필요해서,
적합한 사람 같아서 뽑는 것입니다

회사는 두 가지 목적을 가지고 채용을 합니다. 하나는 그 사람이 와서 분명히 해야 할 일(목표)이 있는 경우입니다. 이때는 해당 포지션에 적격인 사람을 찾습니다. '증원'에 가깝습니다. 또 하나는 여러 가지 일을 '군소리 없이' 해야 하는 경우입니다. '충원'에 가깝습니다. 이때는 기본 성격의 업무와 잡무가 섞인 종합적인 업무를 해야 합니다. 때로는 골치 아픈 일을 맡아서 하기도 합니다. 조직의 업무상 빈틈은 빨리 메워야 하기 때문입니다. 이 경우 뽑힌 사람이 '특별하다'고 볼 수 있는 이유는 없습니다.

그러나 어떤 이유에서든지 '필요'하기 때문에 채용하는 것입니다. 채용 과정 중에는 기업도 개인에게, 개인도 기업에게 '함께해야 하는 이유'를 말이 되게 설명하는 것뿐입니다. 그리고 이를 발전시켜 입사 이후에 '나를 내보내면 안 되는 이유'를 만들어가며 함께 일하는 이들을 설득하는 것입니다.

단, 채용 업무의 난이도상 회사는 적합한 사람을 '뽑기'

위해서보다는 사람을 '떨어뜨리기' 위한 시스템을 구성합니다. 비용 효율화 때문이죠. 그래서 결격 사유를 만들어놓고, 이를 적절히 활용하여 필요하지 않은 사람이 들어오는 것을 막습니다. 그것이 지금의 회사를 망가뜨리지 않기 위한 최소한의 안전장치가 될 수 있기 때문입니다. 그만큼 조직은 단순합니다. 그럼에도 개인의 입장에서는 '나의 전문성'을 제시할 수밖에 없습니다. 개인은 이를 이용해 입사 때부터 확실한 존재감을 드러낼 수 있어야 합니다.

채용 과정에서부터
전문성을 표현해야 합니다

뽑히고 싶다면 빈틈을 보이지 말아야 합니다. 여기서 빈틈이란 내 주장의 논리가 빈약하거나, 요구하는 조건에 부합하는 충분한 결과물을 내놓지 못하는 것을 말합니다. 채용 공고를 기준으로 그들이 납득할 만한 결과물을 제시할 수 있어야 합니다.

이를 위해서는 가장 먼저 채용 공고를 자세히 살펴봐야 합니다. 채용 공고는 보통 두 가지로 구성되어 있습니다. 하나는 '요구 조건'입니다. 최소한의 요구 경험치와 관련된 경력, 자격증 등을 요구합니다. 이를 통해 최소한의 직무수행 역량을 평가하려고 합니다.

또 하나는 '우대 사항'입니다. 해당 직무를 더욱 더 잘할 수 있는 자격 기준 같은 것입니다. 남들이 쉽게 갖지 못하거나, 희귀하고 가치가 높은 무언가를 말합니다. 간혹 조직이 추구하는 방향성을 말하기도 합니다. 그만큼 심오합니다.

물론 회사는 우대 사항이라고 적고 실제로는 필수 조건으로 처리하는 비논리적인 모습을 보이기도 합니다. 그러니 처음부터 둘 다 '필수 조건'이라고 이해하는 것이 편합니다.

이 두 조건을 모두 이해했다면, 자신이 해당 조건에 과연 '얼마나 또는 어느 정도나 충족하는지' 살펴보십시오. 그 주장을 뒷받침하기 위해 증거로 무엇을 들이밀 수 있나요? 논리정연하게 주장을 펼칠 수 있고, 확실한 근거를 통해 충분히 설득할 수 있어야 합니다. 여기서부터 전문성이 증명되기 시작합니다. 그리고 해당 전문성은 입사 이후 '나의 쓰임새'의 일부를 결정할 수도 있습니다. 그야말로 존재감을 드러낼 수 있는 분야와 적합한 기회를 어필할 수 있는 것입니다.

전문성은 현재 당신의 존재 가치이자 '성장 가능성'을 말합니다

만약 내가 하는 일의 전문성이 담긴 블로그나 SNS 채널, 포트폴리오가 있다면 그러한 의심을 살 이유가 없습니다. 입사 지원 때부터 당당히 밝힐 수 있을 만한, 내 노력이 켜켜이 쌓인 결과물이 든든한 근거자료가 되기 때문입니다. 이를 요즘에는 퍼스널 브랜딩의 중요 채널로 활용하기도 합니다. 뭐든 좋습니다. 꾸준히, 제대로 쌓아왔음을 분야에 관계없이 증명할 수 있어야 합니다.

이 글을 보시는 분 중에 이미 그런 것을 만들어 갖고 있다면, 잘하고 계신 것입니다. 하지만 그렇지 않다면, 지금이라도 시작하시길 바랍니다. 평소에 자신의 존재를 증명할 수 있는 증거품을 모으고, 보기 좋게 만드는 작업을 지속하는 것입니다. 증거가 없는 주장은 논리적으로는 아무리 말이 된다고 해도, 상대가 쉽게 받아들이기 어렵습니다. 그들을 이해시키는 것뿐 아니라 '설득'하기 위해 나만의 무기가 필수입니다. 충분한 설득력이 있다면, 협상에서 유리한 위치에 오를 수 있습니다.

회사에서 하는 일은 모호한 것이 많습니다. 그렇기 때문에 의미와 가치를 붙이기 나름입니다. 같은 일이라도 각자 다른 정의를 내리고, 다른 과정을 거쳐 수행하는 것만 봐도 알 수 있습니다. 따라서 내 일에 대한 가치를 스스로 정의할 수 있어야 합니다. 그리고 실제의 경험을 바탕으로, 내가 '할 수 있는 일'과 나의 '가치'를 증명할 수 있어야 합니다. 이를 꾸준히 지속하다보면, 희석된 존재감을 되찾을 기회를 잡을 수 있을 것입니다.

Q 체계적인 회사에 가면 제가 더 성장할 수 있지 않을까요?

A 그런데 '체계적인' 회사란 어떤 회사인가요?

Q 지금 다니는 회사가 여러 가지로 중구난방이라, 가끔 제가 무슨 일을 하는 사람인지를 잊을 때가 있어요. 그리고 그것 때문에 제가 원하는 성장으로부터 점점 멀어지는 것이 아닌가 싶고요. 좀 더 체계적인 곳에 가면 제가 성장할 수 있지 않을까요? 어떻게 생각하세요?

A 네, 지금의 회사에서 성장할 수 없다면, 옮기는 것도 방법이죠. 그런데 말씀하신 체계적인 회사란 과연 어떤 회사일까요?

Q 지금 다니는 곳보다 규모가 큰 곳이죠. 매출도 지금보다 크고, 역사도 지금보다 더 오래된 곳요. 기왕이면 유명하기도 하면 좋겠어요. 일하는 방식도 효율적이었으면 좋겠고요. 지금 회사는 너무 비효율적이라 애를 먹을 때가 많거든요.

A 말씀하신 것을 정리하면, 지금 다니는 회사보다 외형도 내실도 높은 수준을 갖고 있으면 되는 거죠? 그런데 그것

이 말씀하신 '체계적'이라는 말과는 어떤 연관성이 있을
까요? 그리고 그게 당신이 원하는 커리어 성장과는 어떤
관련이 있나요?

Q 음, 글쎄요. 깊이 생각해보진 않았는데요.

A 그렇다면 오늘은 '체계적인' 회사란 어떤 회사인지부터
살펴봐야겠군요.

조직은 잠시
체계적일 수 있습니다

아무리 크고 유명한 회사도 모두 조직^{Organization}이기 때문에 회사는 영원히 체계적일 수는 없습니다. 조직이기에 유한할 수밖에 없고, 그래서 언제나 변화합니다. 그 변화는 여러 요인에 의해 나타나며 7~8할 이상이 예측 불가의 모습입니다. 그래서 기업들은 변화 관리를 쉼 없이 하면서 상황 통제력을 높이고 싶어 합니다. 그 노력의 결과로 일시적으로 체계적인 상황을 만들어낼 수 있게 됩니다.

잘나가던 회사들도 한방에 나가떨어지는 세상입니다. 그들의 영광이 일시적인 이유는 통제 가능했던 것들이 통제 불가능한 것으로 계속 변화하기 때문입니다. 끊임없이 변화하는 시장에 대응하는 나름의 원리와 원칙을 만들지 못하고, 성숙한 유연성을 가지지 못한 채 양적으로만 성장한 회사는 특히나 위험합니다. 그렇기 때문에 조직은 성장으로 끝이 아니라, 외부 환경의 변화에 따라 지속적으로 내부 사업 방향을 수정하고, 끊임없이 조직도 변화해야 합니다. 빠르게 적응하고, 나아가 변화를 리드할 수 있어야 하고, 이를 전략적인 방향으로 이끌 수 있어야 합니다. 그러나 대부분의 조직은 이를 꾸준히 실현하지 못하고, 그들 시스템의 허점을 드러냅니다. 그렇게 조직의 몰락은 걷잡을 수 없이 진행되곤 합니다.

위와 같은 내용을 새롭게 합류하게 될 회사의 새로운 일원으로서 이해하셔야 합니다. 지원하는 입장에서 조직의 현 상황 대비 체계적인 모습이 얼마나 지속될지 그 가능성을 판단할 수 있어야만, 직장인으로서 살아갈 수 있는 힘을 기를 수 있음과 동시에 비즈니스 운용 능력을 키워 롱런할 수 있습니다.

◇◇◇

체계적인 회사를 알아보기 위한
두 가지 방법

첫 번째로, 조직 성장의 역사를 살펴봅니다.

체계적 회사란, 현재 정립된 시스템의 완성도가 높은 회사라는 뜻입니다. 이는 '시장 및 고객이 만족할 만한 수준 높은 제품과 서비스를, 시장에 얼마나 지속적으로 적절히 공급했는가'로 판단할 수 있습니다.

조직의 성장은 비즈니스 외형의 성장(재무적 관점)과 조직 내 인력 구조의 변화, 시장 및 업계의 변화에 대비한 조직의 수준으로 살펴볼 수 있습니다.

① 재무적(매출 향상, 비용 절감 등)인 부분의 변화는 그들 노력의 산물이라고 볼 수 있습니다. 실제 시장과의 다양한 상호작용을 통해 나타난 결과이기 때문입니다. 최근에는 '고객 점유율'의 변화를 성장에 대한 객관적 평가 지표로 삼기도 합니다.

② 사업상 전략에 따라 조직 내 구성 인원의 변화는 불가피합니다. 이를 얼마나 적절히 활용했는가에 따라 그들 시스템의 유연성을 확인할 수 있습니다. 또한 당시 리더의 의사 결정 방법도 추측할 수 있습니다.

③ 조직의 성장은 경쟁사에 달려 있다는 말도 있습니다. 그들이 의식하는 '경쟁사'가 누구인지는 외부로 노출된 활동을 통해 짐작할 수 있습니다. 시장에서의 경쟁사의 변화와 함께, 어느 정도 견제를 했는지도 살펴봐야 합니다. 참고로 경쟁사를 지독하게 의식하는 모습을 보이거나, 과거의 방법을 답습하는 조직은 이미 성장의 한계를 드러냈다고 볼 수 있습니다. 그들의 원칙 내에서 할 수 있는 방법을 모두 동원했음을 보여주는 것이나 마찬가지이기 때문입니다.

이러한 내용을 기반으로 조직의 성장 단계를 유추하는 노력이 필요합니다. 외부로부터 받은 여러 자극에 그들이 어떤 방법으로 어떤 '전략적 대응'을 했는지 살펴보고, 그 결과 지금의 모습이 되는 데 결정적 역할을 한 것은 무엇인지 알아보는 것입니다. 특히 의사 결정의 반복된 경향성은 '전략적 방향'을 의미하므로, 주의 깊게 살펴야 합니다.

두 번째로, 리더(대표)의 일관성 있는 '전략적 선택'을 살펴봅니다.

앞서 언급한 것처럼 '리더의 의사 결정 방향'은 곧 조직의 전략을 의미합니다. 이를 확인하기 위해서는 주요 의사 결정에서 포인트가 됐던 사건의 전후 관계, 리더(대표)의 인터뷰와 겉으로 드러난 행보 등을 통해 리더십에 대한 종합적 성격 파악을 합니다. 단, 그도 사람이기 때문에 실수는 할 수 있습니다. 그 실수까지도 어떻게 대처했는지 살펴보는 것이 필요합니다. 물론 이를 보는 눈을 갖기 위해서는 조직을 여러 관점에서 꾸준히 관찰한 밑바탕이 있어야 하겠지요.

조직 선택의 기준은 회사가 아니라 '나의 커리어'입니다

그런데 위와 같은 관점을 통해 여러 회사를 본다고 한들, 과연 나에게 100% 맞거나 내가 원하는 성장을 할 수 있는 회사를 고를 수 있을까요? 또한 그들로부터 아주 좋은 조건에 영입 제안을 받을 수 있을까요? 아무나 가질 수도 없고, 설사 그런 기회가 온다고 해도 회사만 보고 받아들여서는 안 됩니다.

체계적 회사를 가는 것보다 중요한 것은, 내가 어떤 커리어를 가지려고 하는지 뚜렷한 방향성이 있어야 한다는 것입니다. 스스로 납득할 만한 충분한 기준이 없이는 아무리 체계적 시스템을 가진 회사를 가더라도 빛 좋은 개살구가 될 가능성이 높기 때문입니다.

이직에 대한 고민을 이직이라는 한정된 프레임에서 바라보시면 안 됩니다. 단순히 직장과 직업 선택을 위한 고민이 아닌 나의 커리어, 즉 성장을 담보로 한 방향과 단계의 설계와 결정으로 확장하여 바라볼 수 있어야 합니다.

당신의 실력을 향상시키기 위해 체계적 회사에 가는 것이 도움이 될 수도 있고, 아닐 수도 있습니다. 그 결과는 누구도 알지 못합니다. 설령 체계적 회사라고 해도, 예상치 못한 난관을 만날 수도 있습니다.

따라서 체계적 회사를 찾기 이전에 내가 바라는 커리어의 표상表象이 있어야 합니다. 어디에 있든 관계없이, 커리어라는 관점에서 다음 선택지에 대한 고민과 결정을 전략적으로 해야 하는 것입니다.

당신만의 방향을 정해놓고, 그 방향성을 탐색하고 검증하며 나름의 길을 찾고, 이를 잃지 않기 위해 노력함으로써 진짜 전략이 시작됩니다. 그러는 가운데 불확실성을 줄일 수 있는 유일무이한 나만의 스킬을 자연스럽게 얻게 될 것입니다.

Q 크고 유명한 회사에 가는 게 저에게 도움이 되지 않을까요?

A '크고 유명한 것'과 내가 '가야 하는 이유'는 별개입니다.

Q 다음번에는 지금 다니는 곳보다 크고 유명한 회사에 가고 싶어요.

A 왜요? 왜 그래야 할까요?

Q 뻔한 걸 왜 물어보세요. 크고 유명한 회사일수록 더 많은 기회와 능력 좋은 사람들, 체계적인 시스템과 높은 급여에 복지까지 갖추고 있을 테니까요. 지금보다 훨씬 더 나은 생활을 할 수 있을 거예요. 대부분 그렇잖아요. 다른 사람들도 회사를 고를 때, 그런 부분을 우선적으로 고려하지 않나요?

A 회사는 유명하고 클수록 좋다고 생각하고 계시네요.

Q 그럼요. 그래야 제가 가진 이력에도 더 빛나는 한 줄이 만들어지지 않겠어요? 이력서 한 줄 한 줄이 모두 중요하잖아요. 가장 앞에 쓰게 될 'OO 회사 출신'이라는 타이

틀이 제 커리어나 실력에 플러스알파를 만들어줄 테니까요.

A 글쎄요, 그것만으로 진짜 나에게 플러스가 될까요? 그 안에서 어떤 경험을 어느 수준까지 하는지가 더 중요하지 않을까요. 내 미래의 커리어의 최종 모습에 그 회사의 경험이 얼마나 도움이 될까를 먼저 생각해봐야 합니다. 내 실력을 배가시키기 위해, 들어가기 전과 후에 어떤 추가적인 노력이 필요할지도 생각해봐야 하고요. 그저 크고 괜찮아 보이는 회사를 좇는 게 아니라요.

세상은 조금씩 '실력'에 의해 판단하려는 움직임이 일어나고 있습니다. 충분한 실력 없이 이름만 내세워서는, 오히려 당신의 커리어가 꼬일 수 있습니다. 실제로 많이 일어나는 일이고요.

나에게 '좋은' 회사가
꼭 '크고 유명한' 회사일까요?

"다음 직장은 꼭 ○○이어야 해."

여기서 ○○은 어떤 직장을 말할 수도 있고, 어떤 조건을 말할 수도 있습니다. 우리 모두는 어디가 됐든 지금 다니고 있는 곳보다는 '좋은' 곳에 가기를 바랍니다. 가급적 새로운 경험을 좇아 지금보다 더 크고 유명한 회사에 가려 하고, 실제로 가게 되면 지금과는 다른 세상이 펼쳐질 것이라 희망합니다. 위 사연자처럼 말입니다.

하지만 저는 '좋다'='크고 유명하다' 이 말에 100% 동의할 수 없습니다. 그 '좋다'라고 평가하는 주체와 기준이 불명확하기 때문입니다. 다른 사람들이 모두 좋다고 하니 나에게도 좋겠지, 라고 생각하면 안 됩니다. 좋다, 나쁘다의 판단은 경험하기 전에는 확실하게 할 수 없습니다. 남들이 좋다고 하는 회사가 아니라, 나에게 '맞는' 회사가 좋은 회사겠지요.

가고 싶은 이유와
그들이 나를 받아야 하는 이유는
별개입니다

'크고 유명한 것'과 내가 '그 회사에 가야 하는 (나만의) 이유'는 절대 같지 않습니다. 조직의 크기에 관계없이 내가 가야 하는 합당한 이유를 제시할 수 있어야 합니다. 어찌 보면 크고 유명한 회사에 가야 하는 이유가 나를 그쪽으로 인도하는 것은 물론이고, 실제 합류할 만한 기회를 가질 수 있게 만들기는 합니다. 그러나 그 이유가 당신이 합류하는 결정적 이유가 될 수는 없습니다.

대부분 '가고 싶다'는 마음만 앞서는 것이 일반적입니다. 그냥 바라는 것입니다. 그러면 아무것도 이루어지지 않습니다. 현 시점에서 그들과 함께 일하기 위해서는 어떤 것이 필요하고, 부족한 것이 무엇이며, 그 부분을 채우기 위해 어떤 노력이 필요한지 자세히 분석하고 이를 메워가야 합니다. 막연히 '바라보고 기대하는' 게 아니라 말입니다.

'좋은 회사'의 기준을 자신에게 맞추기 위한 '적절한 질문'을 해보십시오. 처음에는 회사에 대한 기대치를 낮추거나, 하지 않는 것에서부터 시작합니다. 기대할 것이 많지 않으면, 요구 가능한 최소한의 근무조건을 구체화하는 것이 오히려 수월하기 때문입니다. 그런 다음 점점 조건을 높여갑니다. 대신에 내 요구에 맞춰 상대방이 들어줄 수 있는 협상안을 제시할 수 있어야 합니다.

내가 몸담게 될 조직, 그곳에서 일하기 위한 최소한의 조건, 그 조건을 통해 만들어낼 수 있는 가치와 성과 등이 곧 내 실력 또는 전문성입니다. 조직이 요구를 수용할지, 발생 가능한 가치에 얼마나 높은 값을 줄지, 이를 통해 상호간의 시너지가 발생 가능한지를 따져볼 수 있어야 합니다. 그래야만 회사의 규모에 관계없이 나에게 맞는 좋은 회사를 찾을 수 있고, 당신도 들어갈 수 있는 자격과 역량을 갖추었다고 볼 수 있습니다.

좋은 회사는 세상에 없다
나에게 맞는 회사가 있을 뿐이다

즉 '좋은'의 기준을 '나'로 삼아야 합니다. 회사에 막연하고 불확실한 기대를 걸어서는 안 됩니다. 나이가 들수록 과거에 가졌던 좋은 사람의 기준과 기대치가 바뀌는 것처럼, 좋은 회사에 대한 기대치도 경험을 쌓아가면서 새롭게 정립하는 것입니다. 규모가 크고 명성이 자자한 회사가 있다고 해도, 그곳이 진정으로 일하기 좋은지 아닌지는 내가 직접 들어가서 겪어보기 전에는 알 수 없습니다.

스스로 확인하지 않은 것들에 대해서는 믿지 않는 편이 낫습니다. 그보다는 나의 선결 과제를 정의하고 확인하면서, 현재의 나에게 맞고 필요한 회사의 조건이 무엇인지를 찾는 것이 우선입니다.

사실 세상에 좋은 회사는 없습니다. 나쁜 회사 그리고 더 나쁜 회사만 있습니다. 그리고 이 둘을 판단하는 기준도 지극히 '개인적'인 판단입니다. 신뢰할 만한 누군가의 이야기를 듣고 그 회사에 갔다가, 상처만 받고 회사를 나왔다는 이야기를 많이 듣습니다.

핵심은 나에게 얼마나 맞춰주는가에 따라, 내 요구 조건을 얼마나 수용하는가에 따라 다른 평가를 할 수 있다는 것입니다. 내가 가진 기준보다 많은 가치와 혜택을 줄 수 있으면, 이전보다 나에게 맞는 '좋은 회사'라고 볼 수 있습니다. 딱 그만큼의 비교만이 통할 수 있습니다.

회사를 선택할 때는 나의 커리어의 목적과 목표 달성에 긍정적인 영향을 주고, 이를 통해 조직과 개인 사이의 발전적 시너지를 기대할 수 있는 데 최우선을 두십시오. 또한 상호간의 성장을 위해 만났으니, 나 역시 회사의 성장을 위해 어떤 가치를 제공할 수 있는지 제시할 수 있어야 합니다. 그 가치를 제공하는 대가로 그들이 나의 요구 사항을 수용함으로써 교환이 성립되는 것입니다.

이때 가장 중요한 것은 '나의 커리어 방향성과 얼마나 조화가 이루어지는지'입니다. 실제로 나에게 충분한 자격과 실력이 있고 회사가 그것을 수용한다고 해도, 회사와 내가 얼마나 잘 어울리는지를 시뮬레이션해봐야 합니다. 그곳에서 하게 될 경험이 나를 성장하게 만들겠지만, 내가 바라는 성장 방향과 맥을 같이 하지 않으면 소용이 없습니다. 자칫 잘못하면 전혀 원치 않는 경험을 하게 되어, 생각지도 못한 삶을 살게 될 수도 있습니다. 최소한 자신의 삶의 방향은 통제할 수 있어야 합니다.

Q 가고 싶은 회사가 없어요.

A 회사는 커리어를 쌓기 위한 도구일 뿐, 중요한 것은 결국 '나'입니다.

Q 일도 많고, 사람들도 저랑 안 맞는다는 생각이 들어서 요. 하루하루 회사에 있는 시간이 너무 스트레스라서 퇴 사를 결정했습니다. 패기 넘치게 또 나와버렸어요. 문제 는… 그동안 제가 그리 길게 다닌 회사가 없다는 거예요. 회사 사정이 어려워서 퇴사한 경우도 있고, 일이 힘들어 서 자진해서 그만둔 경우도 있어요. 그러다보니 5년 사 이에 4곳을 전전했더라고요. 이제는 근본적으로 일에 대 한 흥미도 사라져서, 어디에 이력서를 내야 할지도 모르 겠어요.

A 좀 지치신 것 같네요. 한곳에서 오래 일한 적이 없는 것에 대한 불안감도 보이고요. 인내심이 없는 것처럼 보일까 봐 그 부분이 마음에 걸리시는 건가요?

Q 음, 여러 가지가 섞여 복잡한 마음이에요. 가고 싶은 회 사가 없는데 아무 곳이나 가서 잘 다닐 수 있을지 걱정도 되고, 한편으로는 이런 마음으로 다른 곳에 취업할 수 있

을지도 걱정이 돼요. 아무튼, 퇴사하기 전에 갈 만한 곳을 정해놓는 게 답이었을까요?

A 그건 답이 될 수 없을 것 같네요. 이직할 때 가장 마지막에 결정해야 할 것이 회사거든요. 그동안의 경험으로 아시겠지만, 운이 좋아서 채용된들 남아 있어야 할 이유보다는 떠나야 할 이유가 더 많은 곳이 회사입니다. 내가 하는 일에 애정과 자부심을 갖지 못하면, 작은 일에도 참지 못하고 다시 퇴사하는 일이 반복될 거예요. 지금 필요한 것은 당신이 '무엇이 되고 싶은지'를 아는 것 같군요. 방향을 새롭게 정립하기 위해 '나'에게 집중해야 할 때입니다.

보통 사람이
회사를 구하기 위해 하는 일

1. 이력서를 재점검한다.

사실 재점검이라기보다는 사실과 다른 내용이 없는지 검토하는 것에 가깝습니다. 몇 번의 이직을 했든 간에 크게 다르지 않습니다. 이전에 다녔던 회사의 이름과 근무 기간을 살피고, 거기서 했던 일을 '경력기술서'라는 영역에 채워 넣습니다. 딱 그 정도 수준의 재점검에서 벗어나지 못합니다.

2. 채용 공고를 뒤적인다.

잡코리아, 인크루트, 워크넷 등 채용 공고가 모여 있는 사이트를 뒤적입니다. 수많은 채용 공고 중에 이전 회사 속의 경력을 최대한 인정받을 수 있는 곳을 감에 의해 찾아갑니다. 운 좋으면 발견하고, 운 나쁘면 최대한 비슷해 보이거나 쉬워 보이는 일을 찾아 북마크를 합니다.

3. 두 데이터로 이리저리 저울질이 시작된다.

이력서와 채용 공고의 지원 요건을 비교하면서 '면접까지 갈 수 있는지'를 살핍니다. 아무래도 쉽게 판단이 서질 않습니다. 이미 여러 회사를 경험하면서 채용 공고 내용과 실제 직무 환경이 다를 수 있음을 경험했기 때문입니다. 그저 이번에는 '똥 밟지 않기'를 바랄 수밖에 없습니다.

4. 가장 만만해 보이는 곳부터 지원한다.

이미 북마크한 곳과 새로 찾은 곳의 리스트를 바탕으로 본격적인 지원이 시작됩니다. 지원 그까짓 거 별거 아닙니다. 그들이 원하는 방법으로 이력서를 발송하면 됩니다. 귀찮지 않게 사이트 내 지원이면 좋습니다. 그 이상도 그 이하도 없습니다. '이 중에 하나만 걸려라' 하는 심정입니다.

5. 운 좋게 면접이 잡히면 좋고, 아님 말고…

면접을 보러 오라는 전화나 문자가 오기 시작합니다. 그래도 한 군데 이상 연락이 왔으니 다행입니다. 면접 일정을 조율하고, 이력서와 자료들을 주섬주섬 챙깁니다.

6. 길을 잃은 자신을 발견한다.

면접 결과는 좋을 리 없습니다. 회사가 어디에 위치해 있는지도 모르고 잘못 찾아가서 시간을 맞추지 못하거나, 면접을 보러 갔더니 생각했던 일과 전혀 다른 일이 다반사입니다. 그들도 나를 낚기 위해 밑밥을 뿌려놓은 것이니까요. 애석하게도 현장에서 그걸 깨달았네요. 그렇게 집으로 오면서 어느새 방향을 잃은 자신을 발견하게 됩니다.

신입이든 경력이든 무직 상태에서 가장 먼저 마주하는 것이 자신의 이력서입니다. 기업마다 양식은 다르지만 대부분 요구하는 정보는 뻔합니다. 학력, 병역사항, 자격증과 함께 이전 회사의 경력을 채워야 합니다.

이력서에는 상당히 많은 정보를 비교하기 쉽게 담을 수 있습니다. 출신 학교부터 이전 회사의 경력까지, 이른바 '줄 세우기'가 쉬운 구조이지요. 당연히 좋은 스펙을 가지지 못한 이들에게는 불리할 수밖에 없습니다.

특히 위 사연처럼 여러 회사를 거친 이에게는 치명적일 수 있습니다. 그나마 거쳐온 업계의 일관성이 있으면 다행이지만, 중구난방이라면 숨기는 것이 득일지도 모릅니다. 사실, 이미 너덜너덜해진 이력서는 제가 어떻게 해주지 못합니다. 지금이라도 새로 시작할 수 있는 준비를 도와줄 수밖에 없습니다. 그 시작이 바로 '어느 방향으로 나아갈 것인가'를 정하는 것입니다.

다음 회사부터 정하는 것이 아니라, 되고 싶은 상태에 집중하는 것

매번 회사부터 정하다보면, 선택의 오류에서 벗어나지 못합니다. '어느 방향으로 나아갈 것인가'는 '어떤 회사를 갈 것인가'가 아닙니다. 이전의 경험을 바탕으로, '이후에 되고 싶은 내 모습'을 말합니다.

$$\langle \text{현재 상태}^X + \text{추가 경험}^A = \text{되고 싶은 상태}^Y \rangle$$

현재 상태^{X}는 지금의 내가 처한 조건, 상황, 환경 등으로 정리해볼 수 있습니다. 여기에 추가적인 경험^{A}이 쌓여 미래의 내 상태^{Y}가 됩니다. 아주 간단한 1차 방정식입니다. 다시 말해, 앞으로 내가 '되고 싶은 상태^Y'에 대한 바른 답을 찾기 위해서는, 추가 경험^{A}이 바른 값이어야 합니다.

'미래에 내가 되고자 하는 상태^Y'는 가급적 구체화하는 것이 좋습니다. 예를 들어 마케터라면, 다양한 업무 경험을 쌓아 좀 더 넓은 시각으로 전문성을 기르고 싶을 수 있습니다. 또는 실무적으로 부족하다고 느끼는 부분을 실제 경험을 통해 깊이 있게 배우고 싶을 수 있습니다.

그렇게 되기 위해 어떤 추가 경험이 필요한지 살펴보십시오. 흥미가 생기는 업계로 옮겨 이전과는 다른 종류의 전문성을 갖추거나, 직책을 맡아 좀 더 많은 책임을 지고 리더십을 기를 수도 있을 것입니다. '미래의 내 상태에서 채워야 할 최소한의 조건'을, 미래의 상태로부터 뽑아낼 수 있어야 합니다.

또 다른 예로 5년차 이하 디자이너라면 가까운 미래에 실질적인 PM으로 성장하고 싶다^{Y}는 계획을 세울 수 있습니다. 그런데 그동안의 포트폴리오에서 완벽하게 전체 프로젝트를 리드한 적이 없다면^X, 현 위치보다 더 많은 발언을 할 수 있고 영향력을 행사할 수 있는 곳으로 가서 위 또는 아랫사람과 조율하는 경험을 통해 PM의 중간 단계 경험^{A}을 할 수 있을 것입니다.

위와 같은 사고의 과정을 따라가다보면 원하는 방향으로 나아가기 위해 필요한 '추가 경험'을 스스로 찾게 됩니다. '밟아왔던 경력^X'과 '되고자 하는 모습^Y' 사이의 간극을 현재를 기준으로 분석하고, 이를 채우기 위해 어떤 경험이 필요한지를 찾고 실험하는 것입니다.

스스로에게 솔직한 게
가장 큰 힘

대부분 이직을 할 때, 뚜렷한 목적이나 목표 없이 무작정 다음 정거장을 찾아 나서기 때문에 커리어를 담보로 한 전략적 이직에 실패합니다. 문제가 무엇인지 파악도 못하고 그저 눈앞의 공백을 메우기에만 급급하면, 최악의 선택을 할 수밖에 없습니다.

나의 미래를 위해서는 보다 진지하게 커리어를 고민해야 합니다. 자신의 현 상태와 미래의 상태를 객관적으로 추출한 후, 중간을 메울 수 있는 답을 찾는 데 익숙해져야 합니다. 적합해 보이는 여러 답을 비교하면서 최상의 답 또는 최대한 바라는 답을 내는 것이 필요합니다.

물론 전략적으로 준비해도 실수하고 좌절하기도 합니다. 하지만 내가 오르지 못할 나무를 못 올라서 좌절하는 것이 낫습니다. 오르지 말아야 할 나무를 오른 다음 나중에 후회한다면, 그 실수는 당신을 망가뜨릴 수 있습니다. 진짜 이력서가 너덜너덜해져 면접조차 보지 못하는 상황이 올 수 있다는 말입니다.

이런 방식으로 답을 내는 이유는 방향을 잃지 않기 위해서입니다. 그리고 다음 단계로 나아가기 위한 명분을 가지기 위해서입니다. 옮겨갈 곳에서도 그렇고, 그곳에 가서 버티는 것도 모두 매한가지입니다. 왜 그곳에 가야 하고, 남아 있어야 하는지에 대해 스스로를 설득하지 못하면, 아무리 좋은 회사라고 해도 오래 다니기 힘듭니다. 그게 회사입니다.

Q 경력이 초라한데 괜찮을까요?

A 초라한 경력을 화려하게 꾸민다고 더 나아지지 않습니다.

Q 제가 가진 경력이 만족스럽지 않습니다. 어떻게 하면 자신감을 높일 수 있을까요?

A 혹시 지금의 업무 경험을 객관화하는 작업을 해본 적이 있나요? 예를 들어 그동안 해왔던 일을 일목요연하게 정리한다든가 말이죠.

Q 경력기술서는 써봤죠. 근무 회사, 기간, 주요 업무와 프로젝트 등을 적어봤습니다. 그런데 제가 그 일들을 진짜 했던가 하는 의구심이 들었습니다.

A 왜 그런 걸까요? 당신이 작성해봤다는 경력기술서는 따지고 보면 결과만 나와 있기 때문에, 당신이 가진 실력이 드러나기 어렵습니다. 그 일을 주도적으로 책임지고 하지 않았다면 말입니다.

'경력'과 '이력'의 정확한 개념을 먼저 짚고 넘어가죠. 경력은 '지금까지 겪거나 거쳐온 직업이나 학력' 따위의 일입니다. 따라서 결과론적으로 나열하는 것이 맞습니다. 반면에 이력은 '어떤 이가 살아오면서 이룩한 학업이나 종사했던 직업' 따위의 발자취를 말합니다. 결과도 중요하지만, 과정을 더욱 중요시하여 성장의 추이를 정리하는 것이죠. 경력은 사회·경제적 지표에 의해 제한적 범위 내에서 비교할 수 있지만, 이력은 비교하는 것이 불가능합니다. 그런데 사실, 경력 못지않게 중요한 것이 이력입니다.

혹시 표면상 드러난 경력만으로 누군가와 비교하며 스스로 초라하다고 느낀 것은 아닌지요? 다른 사람이 이룬 결과만 보는 것이 아니라 과정까지 모두 알아야 합리적 수준의 비교가 가능합니다.

조언을 한 가지 해드리고 싶습니다. 이력서를 쓸 때 있는 그대로 자신을 드러내려고 시도해보세요. 최대한 과정 중심적으로 말이죠. 부족하면 부족한 그대로, 솔직하게 말입니다.

Q 네, 그렇게 해보겠습니다. 그런데 누구나 자신의 경험이나 경력에 대한 MSG는 치잖아요. 저도 약간은 포장하면 안 될까요?

A 해도 됩니다. 하지만 책임질 수 있을 만큼의 MSG만 치세요. '할 수 있다 vs 하고 싶다 vs 할 가능성이 높다'는 전부 다른 말입니다. 과거의 이력을 과포장하는 데 쓰면 당하는 사람의 입장에서는 사기로 느껴질 겁니다. 사기를 치는 사람에게 좋은 감정을 가질 사람은 없죠. 가급적 의지나 희망적 미래를 표현하는 문장을 사용하되, 전하고자 하는 메시지에 힘을 더 주기 위해 어떤 표현이 적합할지 고민하고 주장을 펼쳐보시기 바랍니다.

'화려한 경력'은
존재하지 않습니다

경력이 화려한 사람 A가 있습니다. 유수의 대학과 기업을 거치며 소위 좋은 스펙으로 삶을 일궈왔습니다. 대단해 보입니다. 그런데 그 사람을 존경하고 싶나요? 또는 닮고 싶나요? 아니면 단순히 그런 삶을 사는 것은 어떨지 궁금하고, 나도 그런 삶을 살고 싶다는 푸념 섞인 질투심에 가깝나요?

그가 어떤 사람이든 중요하지 않습니다. 중요한 것은 내 삶이죠. 화려한 경력은 많은 것을 가져다줍니다. 좋은 실력이 있다고 사람들이 인정해주고, 그 기대치를 채워가면 점점 더 많은 기회를 갖게 됩니다.

그러나 모두가 그렇게 승승장구하지는 않습니다. 그 반대의 사람들이 훨씬 더 많습니다. 대부분의 사람들은 성장 과정에서 때로는 좌절도 맛보고, 무리를 하며 곤란한 상황에 빠지기도 합니다. 그것이 우리의 커리어이며 인생인 것이죠.

인간은 누구나 '성공이 연속된 삶'을 살지 못합니다. 빛이 있으면 어둠이 있듯이, 화려해만 보이는 A도 어두운 면이 있을 겁니다. 보이지 않는 곳에서 늘 노력을 했기 때문에 지금의 놀라운 경력을 갖게 된 것인지도 모르죠. 심지어 그 노력을 루틴으로 갖게 되어서, 현재에 이르러 완벽에 가까워 보이는 사람이 되었는지도 모릅니다.

여기서 이런 질문이 필요합니다.

"당신에게 A 같은 화려한 경력이 필요한가요?"

"그런 경력을 만들 만큼의 실력과 잠재력이 있나요?"

"혹시 그동안 죽을 만큼 노력했는데도 안 됐나요?"

"아니면 노력이 충분하지 못했다는 생각이 드나요?"

"어쩌면 방법을 잘 몰라서 그랬을까요?"

자문자답의 과정에서 A와 내가 어떤 점이 다른지 수십 가지를 찾을 수 있을 것입니다. 이러한 과정 없이 단순히 '경력(결과)'만을 비교한다면, 그 결론이 얼마나 논리적이고 합리적일까요?

자, 생각해보세요. 당신은 올바른 비교를 하고 있나요? 그저 '부러워만' 하고 있다면, 지금 당장 잘못된 비교를 그만두길 바랍니다. 그 부러움이 자괴감으로 이어져 자존감을 갉아먹을 우려가 있습니다.

커리어를 지속하는 데 필요한 것은 화려한 경력보다는 진정성 있는 이력

진정성 있는 이력이란, 그동안 해왔던 일들에 진실된 마음으로 임했으며, 업무 실행 과정에 적극적으로 참여했고, 그 결과 지금의 경력을 얻었다고 솔직하게 말할 수 있음을 뜻합니다. 깊이 있고 다양한 업무 경험은 모두가 이력이 될 수 있습니다. 조직 및 직무마다 이력의 폭은 제한적이지만, 개인의 '노력' 여하에 따라 임의로 확장되기도 합니다. 그 '노력'이 결국 의지의 표현이고, 개인과 조직의 성과로 돌아가게 되는 것입니다. 그것은 내가 보여줄 수 있는 실력의 일부이고, 때로는 이력서 전체에 긍정적 영향을 불어넣습니다.

경력만을 내세우는 것은 전문성을 표현하는 데 한계가 있습니다. 경력에 업무상 이력(세부적인 과정과 개인의 입장에서 통제 가능한 결과물)을 더해, 현재 가진 능력의 실현 가능한 범위 및 전문성이 어느 정도인지를 논리적이고 합리적으로 주장해야 합니다.

아리스토텔레스가 말한 에토스Ethos, 있는 그대로의 나를 보여주기 위해, 로고스Logos, 논리와 파토스Phatos, 상대방으로부터 얻어야 하는 공감를 내가 지향하는 커리어에 맞춰 최대한 자세하게, 있는 그대로 나타내고자 노력하는 것입니다.

남들에게 내세우기 위한 화려한 경력보다는 스스로 떳떳하게 내세울 수 있는 이력을 보여주시기 바랍니다. 내가 어떤 것을 잘하기 위해 무슨 노력을 했고, 그 과정에서 무엇을 얻고 깨달았으며, 이를 바탕으로 어떤 모습이 되기 위해 최선을 다하고 있는지를 표현하는 겁니다. 이를 시도하는 과정에서 업무상 다양한 이력으로 이루어진 경력상의 최종 결과물을 얻을 수 있습니다.

이를 위해 내가 하는 일의 '진정성'을 어떤 논리를 바탕으로, 어떤 형태로 표현할 것인지 고민이 필요합니다. 화려하지는 않아도, 왜 그런 내용의 업무 경험을 갖고 있는지 설명할 수 있어야 하며, 계속해서 이어갈 커리어 방향과도 맞아야 합니다. 경력상 지속력을 갖게 하는 것은 어떤 조건이나 스펙이 아닙니다. 떳떳한 이력을 쌓아가는 과정에서의 노력이 탄탄한 경력을 만들고, 결국 이를 켜켜이 쌓으면서 지속 가능하며 전문적인 커리어를 갖게 되는 것입니다.

Q 멘토가 필요합니다. 누가 저의 멘토가 될 수 있을까요?

A 멘토를 찾기보다 스스로 자신의 멘토가 되려고 해보세요.

Q 시행착오를 줄이고, 빠르고 안전하게 성공하고 싶습니다. 어려운 일이 있을 때 멘토에게 조언을 구하면, 실수나 실패의 경험을 많이 줄일 수 있을 것 같아서, 멘토가 있으면 도움이 될 것 같습니다. 그런데 저에게 맞는 멘토를 어디서, 어떻게 찾는 것이 좋을지 모르겠습니다.

A 경험이 부족하면 성공과 실패를 구분하기조차 쉽지 않죠. 그걸 멘토를 통해 확인하고 싶으신 거군요. 네, 저 역시 그런 존재가 필요하다고 봅니다. 저에게도 멘토라고 부르는 몇몇의 사람이 있습니다. 그런데, 그 사람을 닮고자 하는 마음과 의지하고 싶은 생각 중 어떤 것이 더 크신가요?

Q 글쎄요. 닮고 싶은 마음과 의지하고 싶은 마음 두 가지 모두 있지만, 인생을 앞서 경험해본 선배에게 도움을 받고 싶은 마음이 좀 더 큰 것 같네요. 멘토와 좋은 관계를 맺고, 서로 도울 수 있는 것이 있다면 돕는 것이 모두에

게 발전적이지 않을까 생각합니다.

A 그래요. 하지만 멘토를 찾기 전에 멘토에 대한 바른 이해가 필요합니다. 멘토는 가르침을 주는 존재가 아닙니다. 또한, 멘토에게 도움만 얻으려고 한다면 그 관계는 오래가지 못합니다. 그러니, 별생각 없이 '멘토만 있으면 어떻게든 되겠지'라는 생각으로 멘토를 찾아서는 안 됩니다. 그보다는 자신이 자신에게 멘토가 되는 것이 궁극적으로 성장할 수 있는 방법입니다.

멘토-멘티가 서로를
알아보기 위해 해야 할 질문

멘토를 찾는 분들에게 질문하고 싶습니다. 혹시 당신은 멘토를, 당신이 원하는 인생을 사는 데 개척자나 동반자로 인식하고 있지는 않은가요? 당신의 인생에서, 실수나 실패나 시행착오 없이 지름길로 가기 위해 멘토에게 기대하고 요구하고 있지는 않은가요?

많은 사람들이 멘토-멘티 관계를 '적극적이고 직접적인 사제지간' 정도로 인식합니다. 무언가를 가르쳐주는 사람과 이를 배우는 사람이 만나 관계를 만들고 이어가면, 멘토-멘티라고 생각하는 것이죠. 직장에서는 사수-부사수의 관계 정도로 봅니다. 하지만 실제 뜻은 조금 다릅니다.

· 멘토Mentor: 경험과 지식을 바탕으로 다른 사람을 지도하고 조언해주는 사람.
· 멘티Mentee: 멘토에게 지도나 조언을 구하여 도움을 받는 사람.

멘토와 멘티의 사전적 정의는 '조언자'와 '도움을 받는 사람'입니다. 더 많은 경험과 학식을 겸비한 이가 꾸준히 멘티의 안위를 걱정하며 특정 목적을 향해 함께 나아가는 것입니다. 다시 말해 함께 다양한 경험을 하면서, 서로의 신뢰를 쌓아 발전하는 관계입니다. 단순히 아는 형과 동생 사이로 이해하고 관계를 맺어서는 안 되는 것입니다.

정리하면, 멘토와 멘티는 '목표를 두고 서로를 보살피고 책임지고, 책임져주는 관계'입니다. 또한 상호 동의하에 관계가 성립되고, 이를 유지하려는 노력이 꾸준히 수반되어야 합니다. 그래서 서로를 알아보는 눈과 계기가 있어야 합니다. 이를 위해 적절한 질문을 해볼 필요가 있습니다.

1. 나에게는 '멘토를 구별할 수 있는 눈'이 있는가?

나에게 멘토가 되어줄 사람이 누구이고, 나보다 어떤 면이 더 나은지, 그중에 내가 원하는 부분이 어떤 부분인지, 이를 알기 위해서는 최소한 어느 정도의 접촉이 있어야 하는지 등을 종합적으로 대답할 수 있어야 합니다. 이때 닮고 싶은 부분과 존경하는 부분은 다른 감정일 수 있기 때문에 구분해야 합니다.

2. 멘토가 있어야 할 만큼 현재 상황이 스스로 극복하기 어려운가?

그동안 삶을 선택해 온 자신만의 원칙Principle이 있을 것입니다. 그 원칙이 무너지는 경험을 하지 않는 한 그 범위 내에서 선택하면 됩니다. 그 원칙까지 멘토가 만들어줄 수는 없기 때문입니다. 멘토는 도움만 줄 수 있을 뿐입니다. '조언자'로서의 멘토의 역할은 크고 작은 '영향'을 줄 뿐, 선택의 책임은 스스로에게 있다는 것을 명심해야 합니다.

3. 내 질문을 받아줄 '분야별 전문가'로 만족할 수 없는가?

궁금한 것을 해소하기 위해서라면, 그 일에 대해 잘 아는 전문가들이 있을 것입니다. 질문과 답변이 '무엇이든 물어보세요'에서 벗어나지 않는다면, 굳이 그 대화를 나누는 사이를 멘토-멘티로 만들 필요는 없습니다. 때로는 내 고충을 들어줄 수 있는 사람이 필요한 것인지도 모릅니다.

4. 멘토-멘티 관계를 형성하기 위해, 상호간 어떤 노력이 필요한가?

멘토는 멘티를 측은지심으로 바라보고, 멘티에게 도움이 되고자 해야 합니다. 멘티는 멘토에게 솔직하게 자신을 드러내고, 멘토의 조언을 받아들이며, 성장하기 위해 노력하는 모습을 통해 멘토에게 보답할 수 있어야 합니다. 따라서 수시로 관계를 입증할 수 있을만큼 연락이 유지되어야 합니다.

5. 멘토를 '내 문제를 모두 해결해주는 사람'이라고 생각하고 있지는 않은가?

멘토도 어디까지나 조언자로 존재할 뿐입니다. 서로에게 책임이 없는 관계라면 어떤 특별한 목적을 공유한다고 볼 수 없기에 그 한계가 분명합니다.

6. 멘토-멘티의 관계가 영원하다고 생각하는가?

시간이 흐르면 멘티가 멘토보다 더 큰 외연적 성장을 할 수도 있습니다. 그 변화를 겪은 멘티가 멘토를 계속 멘토로 보는가에 따라 둘 사이의 관계 지속 여부가 갈릴 수 있습니다. 따라서 마치 조직과 직원 사이처럼 '하나의 목적을 두고 서로 노력하는 상생의 관계'가 되지 않으면 지속 불가할 수 있습니다.

7. 멘토의 멘토를 만나보거나 이야기를 들은 적이 있는가?

멘토도 누군가의 멘티일 수 있습니다. 현재 나의 멘토로부터 그분의 멘토를 소개받는다면, 더욱 높은 신뢰 수준으로 두 사람의 관계가 만들어졌다고 볼 수 있습니다.

내가 나의 멘토가 되고,
누군가의 멘토로 이어지도록

평생 옆에서 돌봐주고 책임을 다해줄 멘토는 없습니다. 궁극적으로는 나에게 올바른 길을 제시할 수 있는 사람은 오직 나 하나뿐임을 알고, 스스로 누군가에게 존경받을 수 있는 멘토가 되기 위해 노력하는 것이 올바른 성장을 기대하는 이의 생각과 태도입니다.

왜냐하면 멘토가 자신보다 경험이 적고 나이가 어린 멘티에게 영향을 준다 해도, 모든 멘티가 멘토로 삼은 이와 동일한 삶을 살고 있지 않기 때문입니다. 대부분은 각자 삶에서 어려운 순간에 도움을 얻기 위한 의미로 멘토가 필요할 뿐입니다. 게다가 멘토도 자신이 경험한 바에 의한 조언이 가능할 뿐, 그 속에서 진짜 답을 결정하고 입증하는 것은 각자 자신뿐입니다.

따라서 멘토를 찾는 시간에 너무 집중하기보다는 나에게 집중하는 것이 더욱 현명한 선택입니다. 내가 원하는 것을 나 또는 타인과의 대화를 통해 발견하고, 어떤 방법과 과정으로 쟁취할 수 있을지 스스로 해보다가, 안 되면 그때 적절한 누군가에게 질문하여 답을 얻는 것입니다. 고민을 함께 나눌 진정한 친구와 동료를 갖기 위해 노력하고, 스스로 다양한 경험을 쌓기 위해 시도하는 것이 더욱 값진 선택입니다.

평생의 멘토란 유니콘 같은 존재이기 때문입니다. 나의 문제에 나만큼이나 진심 어린 조언을 해줄, 나의 방황을 멈추게 하고 잃어버린 길을 찾게 해줄 멘토가 물론 존재할 수도 있습니다. 하지만 누군가를 그렇게 의존하는 것만큼이나 우매한 모습은 없습니다.

스스로 자신의 멘토가 되고, 길을 잃은 사람을 위한 일시적 길잡이 노릇도 하며 자신을 발전시켜가는 것입니다. 단숨에 문제가 해결되기를 바라기보다는, 문제 해결을 위한 논리적이고 합리적인 가이드라인을 세우고, 제대로 실질적 검증을 해보면서 말입니다.

4장

나만의 사업 시작하는 법

Q 나만의 일을 시작하고 싶습니다. 무엇부터 해야 할까요?

A 가장 먼저, 내가 민감하게 여기는 문제가 무엇인지 신중히 살펴보세요.

Q 창업을 하고 싶습니다. 예전부터 창업 생각은 있었는데 구체적인 계획은 없다가 다시 제대로 좀 계획을 세워보는 중입니다. 웹 & 모바일 앱 개발 전공이라 모바일 서비스를 만드는 것이 가장 가능성이 높아 여러 아이템으로 시도해봤습니다. 그런데 생각만큼 쉽지 않더라고요. 이것저것 하고 싶은 일은 많고 여러 가지 아이디어는 넘치는데, 무엇부터 준비해야 할지 모르겠네요.

A 저도 마찬가지였습니다. 돈이 될 수 있는 것만 좇거나, 개인적 지위와 명예를 얻기 위해 사업을 시행하다보니 여러 번 좌절을 맛봤습니다. 왜 사업을 하고 싶고, 한다면 어떤 사업을 하고 싶으며, 어떤 사업가가 되고 싶은지부터 고민해보시길 권합니다. 그리고 '내가 그 사업에 대해 얼마나 아는지'도 따져봐야 합니다. 대부분은 경험을 근거로 할 수 밖에 없겠죠. 그래서 저는 일단 창업보다는 직장에서 커리어를 시작하기를 권하는 편입니다.

Q 취업도 생각해봤습니다. 하지만 지시를 받아 일하는 것이 적성에 안 맞는 것 같습니다. 그리고 실패하더라도 젊었을 때 저질러보고 싶은 마음도 있습니다. 창업자금은 웬만큼 모아놨고, 무엇이든 시작하면 누구보다 열심히 할 끈기와 열정은 있습니다.

A 좋습니다. 그런데 사업은 끈기와 열정만으로 되는 일이 아닙니다. 내가 진심으로 해결하고 싶은 문제가 있고, 그 문제를 내 사업을 통해 적절히 해결할 수 있어야 합니다. 이때 많은 이들의 지지와 성원 속에서 지속적인 구매로 이어지는 시스템을 만들 수 있다면, 사업으로 승부를 볼 수 있습니다.

비즈니스의 시작은
(누군가의) 문제 발견과
해결 가능성으로부터

"사업은 누군가의 문제를 내 문제처럼 인식하는 것. 이를 통해 그들의 시간과 비용을 줄여주는 것이다."

컨설팅 성격의 업무를 오랫동안 하면서 가슴 깊이 새기고 있는 모 선배의 이야기입니다. 어떤 문제를 해결할 때 그 문제를 겪고 있는 당사자만큼의 '절박함'이 때로는 큰 힘이 되기 때문입니다. 이를 바탕으로 공감대를 형성하고 고객이 기대하는 솔루션을 제공해줘야 합니다. 가끔은 그들을 대신해 직접 맞서기도 하고, 해결 시스템을 설계하고 운영하기도 합니다.

비즈니스가 가진 문제 해결의 속성은 간단합니다. 고객이 겪는 어려움을 줄여주든지 제거하든지 둘 중 하나입니다. 그 요소들은 비즈니스 영역에서 대부분 '시간과 비용의 절감' 혹은 '전에 없던 가치를 제공하는 것'으로 입증됩니다.

그렇기에 사업을 하고 싶다면 ① 당신이 가장 깊게 공감할 수 있는 문제가 무엇인지부터 찾아야 합니다. 그리고 ② 그 문제가 과연 시장성과 사업성을 가지는지 평가해야 합니다. 다음으로는 ③ 이를 나 또는 우리 조직이 적절히 해결할 수 있는 역량이 있는지 살펴봐야 합니다. ④ 만약, 부족하다면 앞으로 채워야 할 것이 무엇인지 준비하고 대비해야 합니다. '돈이 되겠다' 정도의 안일한 생각으로 출발하면, 곧 그만두게 마련입니다. 처음에는 분명히 돈이 되지 않을 것이기 때문입니다. 사업은 누가 더 오래 버틸 수 있는가의 싸움이라고도 볼 수 있습니다. 일단 시작한다면, 스스로 오래 버틸 수 있는 힘을 길러야 합니다.

◇◇◇

내가 할 수 있는 일 찾기 프로젝트를
아래와 같이 제안합니다

출발부터 두려워해서는 안 되지만, 그렇다고 다짜고짜 어떤 사업체부터 만들겠다고 해서도 안 됩니다. 시작은 가볍게 하되, 그 중간 과정과 끝이 가볍지 않음을 알고 접근해야 합니다. 어떤 사업이든 마찬가지입니다. 사업事業이 되면, 이제 혼자만의 책임이 아니기 때문입니다. 사실 취업과 창업은 크게 다르지 않습니다. 둘 다 문제를 해결하는 과정이고, 기대하는 바를 얼마나 실제로 구현할 수 있는가 또는 실천해내는가에 따라 그 실력(역량)이 입증되기 때문입니다.

사업을 시작하기 전 몇 가지 준비해야 할 것들을. '회사를 그만두고 싶어 하는 사람이 도움을 청할 때'라는 특정한 상황을 예시로 해서 살펴보았습니다.

1. 누군가의 문제를 인식하고 이에 대한 정의를 내린다.

내가 누구의 어떤 문제에 얼마나 민감한지 구분해봅니다. 이 과정에서 그 문제의 명확한 정의도 함께 내려봅니다. 문제에 공감하는 정도 및 해결하고자 하는 의지를 살펴보고 문제에 대한 몰입도를 확인합니다.

예: 열심히 일했던 직장인들이 직장에서 토사구팽당하는 것을 지켜봤고, 거기에 분노했다.

2. 문제가 발생한 원인과 그에 따른 여러 결과들을 정리한다.

단순히 문제를 정의하는 것이 아니라, 해당 문제를 세부적으로 들여다봐야 합니다. 문제와 연결된 인과관계, 상관관계를 분석하며 현상 속의 공통적 핵심 사항을 구분합니다. 의지만 충만해서 해결부터 하려 들지 말고, 문제를 객관화하는 과정을 통해 다시 한번 검증하는 것입니다.

예: 창업주의 이기심 때문에, 일을 바라보는 사회적인 잣대와 나의 기준이 달라서, 갑과 을 문화 때문에, 스스로 포기해서 등

3. 문제를 해결하기 위해서 어떤 노력이 필요한지 정리해본다.

문제의 원인을 제거하거나 감소시키기 위해 어떤 방법들이 있는지 나열해보고, 고객의 입장에서 가장 적은 비용과 노력이 드는 것 혹은 근본적 해결책이 될 수 있는 것 중에서 해결 방향을 탐색합니다. 문제를 해결하기 위한 적절한 방법과 실제로 구현하기 위해서는 어떤 준비와 노력이 필요한지 상세하게 정리해보는 것입니다.

예: 일을 바라보는 사람들의 인식 변화를 위한 콘텐츠 제작 및 유통, 개인들의 실력 확인이 가능한 포트폴리오 제작 및 유통, 이를 통해 채용하려는 문화 확산 등

4. 해당 문제를 비즈니스화한 조직이 있다면 조사하고, 그들과의 차별화 방향을 찾는다.

어떤 영역이든지 나보다 먼저 비즈니스를 시작해 문제를 해결하는 이들이 존재합니다. 그들은 어떤 특성을 지녔고, 그들과 무엇을 다르게 하여 문제를 해결할 것인지, 그것이 나의 고객에게 어떤 차별화된 가치를 제공할 수 있는지 살펴봅니다. 이를 위해 조직을 어떤 모습으로 꾸려야 하고, 조직 내 핵심 직무를 어떤 모습으로 구성해야 할지 살펴봅니다.

예: 헤드헌터부터 잡코리아, 인크루트, 원티드 등 각종 구

인구직 관련 서비스 제공 주체들이 각각 문제를 어떤 식으로 정의하고 해결하는지 인식하고, 이와 차별화된 가치를 제공하기 위한 실제 솔루션과 이를 만들 조직의 구성 요소에 대하여 정리해본다.

5. 그들의 비즈니스를 평가한 뒤, 이를 바탕으로 합류하고 싶은 조직 또는 만들고 싶은 서비스를 구체화한다.

기존의 사업체가 어떤 이를 고객으로 보고, 그들과 긴밀한 관계를 맺기 위해 무엇을, 어떻게 활용하고 있는지 살펴봅니다. 이 과정에서 시장을 보고, 그 속의 여러 문제를 어떻게 해결하고 있는지 볼 수 있는 눈이 나에게 있는지 확인합니다. 그들과 다르면서도 고객이 수용할 수 있을 만한 서비스를 기획하고 구체화해야 합니다.

이때 중요한 것은 나의 고객과 긴밀한 관계를 유지하기 위해 '얼마나 기꺼이 자발적으로 노력할 수 있는가'입니다. 문제 해결을 위해서는 현재 내가 가진 지식과 경험도 필요하지만, 고객에게 느끼는 공감 역시 사업이 성장하는 데 중요한 역할을 하기 때문입니다. 또한 나의 비즈니스 활동에 의해 발생 가능한 사회경제적 가치는 어느 정도인지, 비즈니스에서 적정 비용을 통해 적정 이윤을 추구할 수 있는지도 따져봐야 합니다.

이 과정에서 내가 가진 비즈니스 역량을 키우고, 그 과정을 외부에 적절한 형태로 지속적으로 노출시키고, 다양한 이들과 나누면서 공론화한다면, 그로 인해 더욱 많은 기회를 가질 수 있을 것입니다. 나만의 일에 대한 꾸준함이 담긴 생각과 태도, 이를 증명하는 활동을 통해 진정성이 담긴 성장을 함께 추구할 수 있는 것입니다.

Q 리더가 되고 조직을 꾸리려면, 무엇을 준비해야 할까요?

A 리더가 해야 하는 일은 생각보다 간단하지만, 구준함이 필요합니다.

Q 회사를 작게 운영하고 있습니다. 안정적으로 성장하는 추세라 이제 직원도 더 뽑고, 규모를 좀 더 키워보려고 합니다. 다만, 회사에 소속되어 있을 때 팀장으로 팀원들을 이끈 경험이 전부라, 대표로서 더 많은 직원들을 잘 이끌어나갈 수 있을지 걱정이 됩니다. 제가 할 수 있는 것이 있다면 무엇이 있을까요?

A 팀장이든 대표든 존재의 이유는 다르지 않습니다. 조직에서 가장 많은 주도권 및 결정권을 가지고 있는 한 사람을 부를 때 쓰는 말일 뿐입니다. 대신에 장툐이라면, 어떤 조직을 리드하는 사람으로서 그에 어울리는 모습을 갖춰야 합니다.

가장 먼저 확인해봐야 할 것은 비즈니스에 대한 당신의 태도입니다. 그다음에는 회사의 시스템이 자리 잡혀 있는지, 앞으로 함께할 구성원들의 기대에 얼마나 부응할 수 있는지도 살펴봐야 합니다. 리더로서 해야 할 일들은 쉽게 문서화할 수 있습니다. 하지만 꾸준히 고민해야 한다는 것이 어려운 일입니다.

리더로서 꾸준히 해야 하는
7가지 업무

1. 고객을 직접 챙겨야 합니다.

리더라면 우리 비즈니스의 존재 목적을 뚜렷하게 만드는 작업에 직접 관여해야 합니다. 고객을 만나 그들과 오래도록 함께할 수 있는 좋은 경험을 쌓는 것부터 시작하십시오. 현재 맡고 있는 여러 종류의 일을 누군가에게 전수할 수 있을 정도로 '전문성'이 있어야 합니다.

회사는 고객으로 인해 먹고삽니다. 그들 없이는 한시도 존재할 수 없습니다. 따라서 대표가 직접 나서서 고객을 챙겨야 합니다. 리더는 어떤 채널을 통해서든 '고객을 만날 준비'가 되어 있어야 합니다. 이때, 고객들이 솔직하게 반응해 줄 것이라 생각하지 말고, 그 너머에 숨어 있는 필요와 요구사항, 욕망이 무엇인지까지, 그들의 여러 행동을 통해 이해하고 발견하십시오. 그리고 이를 현재 진행 중인 여러 비즈니스에 적용하기 위해 노력하십시오.

2. 직원을 맞이할 회사의 시스템을 충분히 다져놓아야 합니다.

회사는 이름 짓고, 로고 만드는 것부터 시작이 아닙니다.

우리가 제공 가능한 '가치'는 무엇이고, 이를 거래 가능하도록 만들기 위해 어떤 리소스가 필요하고, 적정 비용은 어느 정도이고, 시장에서 우리를 알아볼 고객이 어디에 있고, 그들이 비용을 얼마나 지불할 것인지 등에 대해 수시로 정리하면서 우리만의 비즈니스에 대해 고민해야 합니다. 이것이 곧 '시스템'입니다. 시스템을 얼마나 유려하게, 체계적으로 흐를 수 있도록 만드는가에 따라 직원들의 혼란이 줄어듭니다.

또한 새롭게 발생하는 이슈에 대해 대응할 능력을 리더가 먼저 가지고 있어야 하고, 추후에는 그 권한을 적절히 직원들에게 배분할 줄도 알아야 합니다. 뭐든 시행착오를 겪으며 성장하겠지만, '목적'에 걸맞은 조직 운영을 위해 내부의 효과적 실험이 뒷받침되어야 합니다.

3. 조직의 존재 이유를 고객 및 직원, 이해 관계자에게 논리적으로 설득할 수 있어야 합니다.

비즈니스의 체계화는 조직이 존재해야 하는 이유, 즉 사명에서 출발합니다. 이를 기반으로 비즈니스를 설명할 수 있어야 하고, 동시에 합리적으로 조직의 성장 가능성에 대해 고객을 포함한 다수의 이해 관계자를 설득할 수 있어야 합니다. 새롭게 사업을 하는 이유는 천차만별이겠지만 대표가 가지는 개인적 욕구 및 욕망의 표출에만 집중하면 오래갈 수 없습니다. 나름의 사명을 갖고 지속 가능성을 증명하기 위한 진정성 있는 노력이 필요합니다.

4. 위의 내용을 기준으로 원칙 수정을 꾸준히 해야 합니다.

현명한 의사 결정은 명확한 기준 및 원칙이 뒤따를 때 가능해집니다. 1인 기업이라면 고객의 동의만 있다면 관계없습니다. 하지만 함께 일하는 직원이 있다면, 그들도 리더와 동일한 기준을 통해 결정할 수 있고 주도적으로 판단할 수 있어야 합니다. 그러기 위해서는 의사 결정을 할 때 합리적 수준의 공감대 및 합의점이 필요합니다. 단, 준수해야 할 원칙의 당위성은 철학과 비전에 어긋나지 않아야 합니다.

또한 리더는 일의 범위와 구간을 설정하고, 그 안에서 결정하고 진행할 수 있는 권한을 직원들에게 나누어줄 수 있어야 합니다. 이런 연습을 미리 해야 조직이 더 커졌을 때를 대비할 수 있습니다.

5. 직원과의 수평적 커뮤니케이션을 위한 노력이 필요합니다.

모든 조직은 수직적입니다. 조직 전체를 대표하는 리더가 의사 결정의 최종 권한을 쥐고 있기 때문입니다. 이러한 수직적 구조는 자칫 폐쇄적인 문화를 만들 수 있습니다. 이를 막기 위해 커뮤니케이션만큼은 수평적일 수 있도록 대표가 직접 분위기를 조성해야 합니다. 소통을 위한 방향과 내용에 경계를 두지 않고 언제든 누구든 이야기할 수 있도록 하는 것입니다.

그 이유는, 모든 사람은 '각자의 역할에 충실할 뿐' 위와 아래는 영원할 수 없기 때문입니다. 구글의 타운홀 미팅처럼 주 1회 정도는 전 직원이 참여하는 미팅을 통해 현재 조직이 어디로 가고 있고, 얼마나 잘 가고 있는지 점검하는 시간을 갖는 것이 좋습니다. 재미있게도 이런 자리에서 새로운 아이디어 및 인사이트가 나오는 경우가 많습니다. 그것도 의외의 인물로부터 말입니다.

6. 조직이 함께 '학습하는 기회'를 꾸준히 만들어야 합니다.

직원 모두가 같은 경험을 갖고 있지 않습니다. 때로는 이 경험 혹은 지식의 격차 때문에 일이 원활하게 진행되지 않는 경우가 있습니다. 따라서 원활한 업무를 위한 소통 방법, 업무 진행 과정에서의 개선점, 목표한 고객의 발굴 및 관리 등 조직이 성장해온 역사 및 지향점을 수시로 공유해야 합니다. 모두가 알면 좋을 만한 다양한 콘텐츠를 꾸준하게 나누는 것도 좋습니다. 직원들이 한마음으로 일할 수 있도록 '함께 일하는 분위기 조성'에 노력하는 것입니다.

7. 리더의 개인적인 학습이 꾸준하게 뒤따라야 합니다.

위의 6가지를 현업에서 당장에 전부 할 수는 없습니다. 그렇기 때문에 다른 경험을 통한 혜안^{insight} 키우기 연습과 노력이 함께 뒤따라야 합니다. 실무와 이론 공부를 병행하는 것입니다. 물론 실전만큼 좋은 경험은 없지만 자칫 그게 전부라고 착각하면 안 됩니다.

제대로 조직을 이끌기 위해서는 비즈니스 전반에 대한 이해도를 높여야 합니다. 조직에 당장 필요한 것, 기획, 마케팅, 전략, 영업 등에 대한 기본 공부를 포함해, 다양한 사례를 수집하고 분석하여 어떻게 적용할 수 있을지 직원들과 함께 논의하는 연습이 필요합니다.

저는 기업의 대표들에게 늘 자신의 사업과 관련된 혹은 연결된다고 보여지는 모든 영역에 관심을 두고 꾸준히 지켜보라고 권합니다. 그리고 단순히 보는 것에 그치지 않고, 여러 형태로 저장하고 기록해 글로 옮기라고 합니다. 규모가 작은, 이제 시작하는 회사일수록 언제든 '원하는 기회'가 오면 출발하기 위해 출발선에서 준비하고 있어야 하기 때문입니다.

리더 연습, 다른 것 없습니다. 어깨에 잔뜩 들어간 힘부터 빼고, 당신이 하고 있는 일들이 직원과 고객들에게 어떻게 제공되는지, 그 과정과 결과를 세세하게 살펴보시기 바랍니다. 당신이 도달하고자 하는 다음 단계로 가는 데 도움이 되지 않는 것들은 당장 멈출 수 있어야 합니다. 그것이 리더가 가져야 하는 기본적 관점이자, 일하며 성장하고 싶은 모두에게 해당하는 원칙입니다.

Q 해외에서 일하고 싶은데, 뭘 준비해야 할까요?

A 어디서 일하든지, 중요한 것은 '일(비즈니스)'을 잘 하(아)는 것입니다.

Q 대학 졸업 후 어학연수 겸 1년을 캐나다에서 지냈습니다. 다양한 친구들을 만나며 '세상 참 다양하고 재밌구나' 하고 느꼈어요. 자유로운 그들이 부럽기도 했고요. 그때 외국에서 일을 해보고 싶다는 생각을 했습니다. 어학연수를 마치고 한국으로 돌아와서는 현실적 문제도 있고 해서 취직하고 2년간 회사를 다녔습니다. 하지만 회사생활이 만족스럽지 않아서 외국에서 새롭게 시작하는 것이 낫지 않을까 하는 생각이 계속 듭니다.

A 저는 오히려 국내에서 2년 동안 했다는 직장생활이 궁금한데요. 회사는 어떠셨나요? 그리고 외국에서 일하고 싶은 특별한 이유가 있을까요? 혹시 그저 한국이 싫어서 가고 싶다는 이유는 아니겠죠?

Q 일하는 동안 '일하기 위해 내가 존재한다'는 느낌이 컸어요. 삶에서 일은 분명히 중요하고, 필요한 영역이죠. 하지만 개인 시간도 충분히 보장 못 받고, 야근과 주말 근

무를 당연하게 여기는 회사에서 나 자신이 지워지는 느낌을 받았어요. 외국에서의 회사생활은 좀 더 자유로울 것 같아요.

A 그렇군요. 그런데, 해외에서 일하는 것도 쉽지 않습니다. 왜냐하면 해외에서 일하고 싶다는 말은 해외시장을 겨냥한다는 말과도 같기 때문입니다. 해당 국가의 언어는 기본에, 직무의 전문성도 필요합니다. 나를 뽑아야 하는 이유를 '내 개성과 전문성'을 통해 드러내야 하죠. 그래서 무엇보다 '비즈니스'에 대해 잘 알아야 합니다. 회사뿐만 아니라 국가, 시장, 사회 등에 대한 이해가 밑바탕이 되어, 그들을 받아들이고 그들이 하는 일을 해나갈 수 있어야 합니다.

해외로 가기 전,
먼저 생각해봐야 할 5가지

많은 직장인들이 해외에 나가서 일하고 싶어 합니다. 하지만 해외 경험이 '왜' 나에게 중요하고, 필요한지에 대해 이야기하라면, 선뜻 정리된 대답을 내놓지 못하는 경우가 많습니다. 그것을 바탕으로 '나만의 이유'를 만들어야 하는데 말이죠. 한 가지 확실한 것은 해외 취업이 '워킹 홀리데이'가 아니라는 점입니다. 해외 취업은 삶 그 자체입니다. 영원히 돌아오지 않을 각오로 정확한 이유를 만들고, 다른 사람들을 설득할 수 있을 정도가 되어야 합니다.

1. 왜Why 특정 국가에 가려고 하는가?

목표한 국가, 산업, 기업 등등의 기본적 이해를 바탕으로 왜 한국을 떠나려고 하는지, 왜 그 나라의 해당 기업으로 가려고 하는지 명확한 이유가 필요합니다. 단, '디지털 노마드'로 일하려고, 또는 국내보다 안정된 삶을 추구하기 위해 등 일반적인 답변이 나오지 않도록 합니다.

2. 하는 일은 어떤 가치Value를 통해, 어떤 성장Sustainability을 기대할

수 있는가?

이 질문은 '일(직무)에 대한 성장 및 생존 가능성'과, 일을 포함한 '비즈니스의 현재와 미래의 경쟁력'을 모두 묻는 것입니다. 이때 일과 조직 모두에 희망적 뉘앙스가 담겨 있어야 합니다. 또한 당연히 희망적 전망이 가득한 자리는 경쟁이 심하다는 것을 예상하고 그에 대한 대비도 충분히 해야 합니다. 실력 있는 자국인을 물리칠 수 있을 만한 매력을 넘어, 마력이 있음을 증명해야 합니다.

3. 해외에서 어떤^{What} 직장에 갈 수 있는가?

현지에 가서 일을 찾는 것이 아니라, 출발하기 전부터 일 ^{Job}을 찾아 계약을 하고 가는 것에 초점을 맞춰야 합니다. 여행이 아니라, 당분간 살러 가는 것입니다. 그러기 위해서는 상대방이 요구하는 모든 것을 전부 완벽하게 다루거나, 한 분야에서 타의 추종을 불허하는 수준의 기술이 있어야 할지도 모릅니다. 따라서 지원하는 일과 조직에 대한 가치 판단과 함께 나의 객관적 준비 상태도 체크해봐야 합니다. 국내의 유사 업계 경험치, 이를 증명할 수 있는 포트폴리오, 인증 가능한 자격증까지 말이죠.

4. (언어 이외에) 어떤 준비를 해야할까?

언어는 필수입니다. 그에 더해 지원하는 나라의 직무와 조직에 따라 그들 특유의 문화까지 고려한 맞춤 준비가 필요합니다. 그렇기 때문에 '특정 목표'를 가지고 접근해야 합니다. 국가, 산업, 기업, 직무 등 확실한 몇 개의 목표를 정해놓아야 가능성을 높일 수 있습니다. 전문성은 곧 가능성이기 때문입니다.

5. 원하는 것을 얻기 위해 어떻게^{How} 해야할까?

필요 조건을 살펴보면, 대부분 하루아침에 가질 수 있거나 자연스럽게 얻을 수 있는 것은 거의 없습니다. 노력이 뒤따라야 하고, 그 노력은 적당히 통과하기 위한 수준만으로는 부족합니다. 내가 원하는 미래를 위해 현재의 가치를 투자한다는 개념으로 접근해야 합니다.

정리하면 그 나라의 언어를 포함해 그들의 비즈니스와 문화를 학습하고, 그들도 나를 기꺼이 받아들일 수 있도록 상식과 교양, 전문성을 몸에 익혀, 그곳에 갔을 때 '자연스럽게' 그들에게 동화되어야 합니다. 쉬운 일은 아닙니다.

갈 수 있는 준비와 함께
떠날 준비도, 적응할 준비도 필요합니다

합격 통보를 받는다고 모든 문제가 해결되는 것은 아닙니다. 돌아오지 않을 각오까지는 필요 없지만 적어도 당분간은 그곳에서 잘 적응해서 살아갈 수 있는 최소한의 준비가 있어야 합니다.

① 가족이나 친구 없이 혼자 살아야 합니다. 그것도 머나먼 타국에서. 잠시 살다 온다고 하지만, 기약은 없습니다. 따라서 '생활할 수 있는가, 없는가'의 관점으로 봐야 합니다.

② 단순히 말만 통하는 것으로는 한계가 있습니다. 그들의 문화를 포함해 비즈니스가 무엇이고, 그중에 내가 맡아야 할 영역이 어디까지이며, 나의 성장 가능성 여부를 타진해야 합니다. 대신에 내가 아무리 잘할 수 있는 분야라 해도, 그 판단의 몫은 나에게 없다는 불편한 진실에 맞서야 합니다.

③ 시장 전반에 대한 이해가 뒷받침되어야 합니다. 한국에서 내가 하던 일과 비슷하다고 해도, 그 나라, 지역 특유의 성향이 있습니다. 따라서 스스로를 현지화할 수 있어야 합니다.

④ 결국에는 모두 '비즈니스'입니다. 비즈니스의 본질, 한

조직의 일원으로 맡은 역할과 책임을 다하고, 그들의 기대에 부응하기 위한 좋은 습관이 필요합니다.

⑤ 그래서 단순히 '취업'이 아니라, 나의 '커리어'의 관점에서 생각해봐야 합니다. 수많은 비용과 노력을 들여서라도 해외 취업을 꼭 하고 싶은 것인지, 나를 포함해 주변 사람들까지 설득할 수 있어야 합니다. 심지어 돌아오지 않을 수 있다는 각오를 갖고 움직일 수 있어야 합니다.

국내에서나 해외에서나 모두 마찬가지입니다. 일에 대해 잘 알지 못하고, 비즈니스에 대한 이해가 부족하면 정작 가서도 잘 적응하지 못하고 금세 돌아올 가능성이 높습니다. 덧붙여 외국에 나가서는 낯선 생활환경에도 적응을 해야 합니다. 생각지도 못한 핍박과 여러 갈등을 이겨낼 수 있는 의지가 있고 충분히 노력할 수 있다면, 당연히 어디서든 성공할 수 있습니다.

Q 대표 때문에 회사 다니는 게 너무 힘이 듭니다.

A 나도 그와 같은 리더가 되지 않기 위해 적절한 노력을 해야 합니다.

Q 스타트업에서 일하고 있어요. 회사 대표 때문에 너무 스트레스예요. 항상 창의적인 아이디어를 내라고 말하면서 직원들이 새로운 아이디어를 내면 여러 가지 이유를 들어 거부합니다. 결국 대부분 거절되죠. 게다가 회사에 도움이 되는 건 모두 본인의 기획에서 비롯된다고 생각하고, 직원들은 그저 도구로만 여기는 것 같아요. 회사를 다닐 맛이 안 납니다. 어떻게 해야 하죠?

A 지금 함께하는 '리더가 리더답지 못하다'는 생각을 하고 계시는군요. 제가 만나본 많은 분들이 처한 상황은 다르지만, 비슷하게 말합니다. 배울 것이 있다는 생각에 믿고 따랐는데, 뒤통수를 맞았다고요. 리더를 믿고 의지할 수 없기에 조직을 떠나야 하고, 다음에는 이런 리더를 만나지 않기 위해 무엇을 조심해야 하는지 알려달라고 말하는 분들이 많았습니다.

Q 저도 그래요. 여러 가지 새로운 시도를 해볼 수 있을 것

같아서 들어왔는데 착각이었어요. 게다가 대표로서 리드하기보다는 회사의 매출에만 신경을 쏟고 있습니다. 그걸 위해 직원들의 균형 있는 성장이 필요하다는 생각은 거의 안 하는 것 같아요. 이 회사에 계속 있다보면 성장할 기회가 없을 것 같아요. 그동안 시간만 낭비한 것 같아요.

A 그렇군요. 하지만 시간 낭비였다고 생각하지는 마세요. 어디에서나 배울 점은 있습니다. 어떤 유형의 리더가 직원들을 힘들게 하는지 알게 되었으니, 반면교사로 삼아 나를 발전시키는 기회로 삼을 수도 있겠죠.

나쁜 리더들이
흔히 보이는 과오

가족 같은 기업, 친구 같은 동료 등 듣기 좋은 말로 설명하고들 있지만 여전히 많은 조직이 보수적이며, 가부장적 문화를 드러내고 있습니다. 대기업도 예외는 아닙니다. 오히려 더합니다. 갑질 관련한 일련의 사건과 후폭풍을 보면 쓴웃음을 지을 수밖에 없습니다. 조직의 크기와 상관없이, 리더가 자신의 위치에 맞지 않는 무능함과 엉뚱함으로 조직의 얼굴에 먹칠을 하고 있기 때문입니다.

이른바 나쁜 리더들이 흔히 보이는 과오에는 어떤 것들이 있는지 한번 정리해보았습니다. 이것을 인지하고 있으면, 최소한 우리는 그런 리더가 되지 않기 위해 노력할 수 있을 겁니다.

첫 번째, 나쁜 리더는 앞뒤가 다르게 행동합니다. 정확히는 앞에서 한 이야기와 뒤에서 한 이야기가 다르거나 비슷하지 않은 경우가 많습니다. 고객에게 최선을 다해 신뢰를 지키라고 하며, 고객과 만나는 접점에서 고객을 향한 정성 어린 태도를 직원들에게 요구합니다. 하지만 고객을 향한 눈빛과 신뢰를 직원들에게 보이는 경우는 흔치 않습니다. 직원을 통제의 대상으로 보고 끊임없이 관리하려고만 하기 때문입니다. 또한 잘못이 발생하면 직원이 서툴러서 그렇다고 변명으로 일관합니다. 그런데 결국 그 일을 시킨 사람은 리더입니다. 리더 자신이 못하는 일을 직원에게 시키고, 심지어 잘못된 전략과 전술을 제시합니다. 그러다가 일이 잘못되면 그 책임을 고스란히 직원에게 떠넘깁니다.

두 번째, 나쁜 리더는 '코에 걸면 코걸이, 귀에 걸면 귀걸이'입니다. 리더십에 대한 자신만의 명백한 기준, 지키고자 하는 철학, 가치 등이 불투명합니다. 그러다보니 일의 지침이나 방향성도 불확실합니다. 일관성 없이 상황에 따른 관리와 통제는 함께 일하는 직원들에게 신뢰를 주지 못할 수밖에 없습니다. 일이 발생할 때마다 '수습'하기에만 바쁜 형태의 지시와 명령은 직원들을 지치게 만듭니다. 대부분의 무능력한 리더들에게 보이는 현상으로, 방향성 없는 의사 결정으로 고생하는 직원들은 리더를 더 이상 믿지 않게 됩니다.

세 번째, 나쁜 리더는 자기 편한 대로 판단하고 번복합니다. "이럴 거면 왜 물어본 거야?" 직장에서 이런 유의 혼잣말을 자주 했다면 문제가 있다는 뜻입니다. 리더가 물어봐서 관련한 내용을 정리해 나름의 의견과 함께 보고했는데, 결국 리더가 보고와는 관계없이 자기 맘대로 판단하고 결정합니다. 그리고 판단이 틀렸다면 언제든 다시 손바닥 뒤집듯이 번복합니다. 이것의 진짜 문제는 그 과정 속에서 참여를 독려하며 담당자와 함께 일하는 경우가 거의 없다는 것입니다.

네 번째, 나쁜 리더는 자신의 잘못을 쉽게 인정하지 않습니다. 자신의 잘못된 과거를 반성하고 인정하며, 재발 방지책까지 만드는 리더야말로 좋은 리더입니다. 반면에 스스로를 '잘잘못을 가리는 사람'으로 생각하면서 사사건건 남을 평가하려는 리더는 나쁜 리더입니다. 나쁜 리더는 자신이 추구하는 방향과 방법만이 옳다고 우기면서, 이를 따르지 않으면 크게 분노합니다. 심지어 직원들에게 온갖 폭언을 하거나 다양한 방법으로 괴롭히기까지 합니다. 최악은 업무와 관련 없는 또 다른 일을 만드는 경우입니다.

다섯 번째, 나쁜 리더는 결정적인 순간에만 '리더'의 권위를 내세웁니다. 나서기 병과 은둔 병을 함께 가지고 있는 리더가 있습니다. 그들은 결정적인 순간에 나타나 부하직원의 공적을 가로채고, 잘못을 인정해야 하는 순간에는 대타를 내세웁니다. 좋은 리더라면 함께 울어주고 웃어주면서 정말 필요할 때는 전면에 나서 모든 책임을 질 수 있어야 합니다. 리더는 권한보다는 책임이 우선이기 때문입니다. 이때 얼마나 적합한 과정을 거쳐 의도한 결과를 낼 수 있는지가 관건입니다. 리더인 척만 하고, 권위만 내세우는 이들은 금방 티가

납니다.

올바른 리더의 상을 찾고
그렇게 되기 위해
적절한 노력을 해야 합니다

리더에게 요구되는 자질은 정말 간단합니다. 리더다운 모습을 보이는 것입니다. 그 시작이 '책임'입니다. 조직의 총 책임자는 리더(대표)입니다. 매출이 나지 않는 것도, 유능한 직원이 떠나는 것도, 조직 내 각종 분란과 갈등이 사라지지 않고 계속 존재하는 것도 모두 리더의 탓입니다. 리더는 조직의 일원들이 각자의 위치에 맞게 적절한 역할로서 맡은 일을 수행할 수 있도록 뒤에서 밀어주는 조력자이자, 적절한 목표를 제시하고 계획을 세워주는 가이드가 되어야 합니다.

직장인이나 예비 창업자들은 무엇보다 좋은 리더를 만나는 것이 중요합니다. 자신이 기준 삼은 '닮고 싶은 리더'의 모습이 어떠한지 파악하고, 그런 사람을 찾아 실제로 비즈니스상으로 어떤 노력을 하고, 내가 어떻게 닮아갈 수 있는지, 도덕적으로도 존경할 수 있는 사람인지 잘 살펴보아야 합니다. 왜냐하면 사람은 누군가를 좇아 자신의 커리어를 만들어가는 것이 보통이기 때문입니다.

적어도 지금보다 성장하여 언젠가 리더의 위치에 앉았을 때 '괜찮은 리더'라는 평가를 듣기 위해서는 좋은 리더 밑에서 경험을 쌓는 것이 중요합니다. 위에서 언급한 나쁜 리더가 저지르는 과오에 대한 인식을 마음에 새기고, 좋은 리더가 되기 위해 노력하십시오. 덧붙여 비즈니스에 대한 심도 깊은 공부를 함께한다면, 앞으로 발전할 가능성이 충분합니다.

Q 직장인으로 돈을 많이 버는 것은 이제 불가능한 건가요?

A 아니요. 직장생활을 통해 가치도 높이고, 돈도 꾸준히 더욱 벌 수 있는 세상입니다.

Q 요즘 주위에 월급뿐 아니라 N잡을 하고, 주식까지 하면서 월급 외 수익을 얻는 사람들이 많은 것 같습니다. 특별한 능력이 없는 저는 그런 사람들을 볼 때마다 부럽기도 하고, 평생 부자는 될 수 없을 것 같아 우울해지기도 합니다.

A 충분히 이해합니다. 자신의 능력을 계발해 전문성을 기르려는 분들도 있지만, 주식이나 부동산으로 돈을 버는 분들도 많아졌죠. 누구나 부자가 되고 싶어 합니다. 그런데 직장인이 본업에 집중하지 않고, 부업에 본업 이상의 가치를 넣으면 그만큼 리스크를 가져올 수밖에 없습니다.

Q 그래도 가능하기만 하면, 한 마리보다는 두 마리의 토끼를 잡는 게 미래를 위해 훨씬 더 이익이고 안전한 선택 같아요. 저도 할 수만 있다면 그렇게 하고 싶고요.

A 네, 두 마리 토끼를 잡을 수 있다는 보장이 확실하게 있다면 정말 좋은 선택일 겁니다. 하지만 인간의 에너지는 한정되어 있기 때문에 둘 다 잘하려다가 어느 것도 제대로 하지 못할 가능성도 고려해봐야 합니다. 그러니 먼저, 지금의 일을 할 때 지금보다 적거나 같은 에너지를 들이면서도 성장할 수 있는 방법을 연구해보십시오. 그 결과, 당신이 어떤 모습으로 발전할 수 있는지도요.

당신이 할 수 있는 것과 할 수 없는 것을 구분하고 적정하게 에너지를 투자한다면, 일의 효율성을 높여 직장인으로서 전문성을 기를 수 있고, 그로 인해 더 큰 수익을 더 확실하게 얻을 수 있습니다. 그렇게 되면 다른 일을 시도했을 때의 성공 확률도 높일 수 있겠죠.

◈◈◈

직장인으로 부자가 되려면
지금의 일부터
제대로 해야 합니다

직장인으로 부자 되기, 결론부터 말씀드리면 가능합니다. 그러나 자신의 일에 전문성을 가지지 못한 채 다른 곳에 눈을 돌리거나, 그저 현재 자신의 위치만을 고수하려고 한다면 미래는 밝지 않습니다. 그런 사람들은 직장생활을 통해 커리어를 쌓는 것을 목표로 하는 것이 아니라, 당장의 생활을 이어가는 것에 의미를 두고 있기 때문입니다.

자신의 가치 상승에 대한 걱정보다는 좀처럼 오르지 않는 연봉과 발전하지 않는 회사, 하면 할수록 지겨워지고 지루해지는 일, 옆에서 빨리 하라고만 이야기하는 무능력한 리더와 동료들을 바라보며 '퇴사 게이지'만 점점 높여가며 회사를 그만둘 날만 기다리고 있지요. 당장의 편함, 수익을 추구하며 회사를 그만두면 그 즉시 수입과 실력을 쌓을 수 있는 기회를 잃고, 다시 출발점으로 돌아가는 최악의 상황까지 맞이할 수 있습니다. 그런 경우는 생각해보셨나요?

직장인으로 부자가 되려면, 먼저 주어진 일을 제대로 하는 것이 우선입니다. 그 '제대로'가 업에 따라 차이는 있지만, 그 일을 통해 나도 조직도 모두 성장할 수 있도록 하는 것이 제대로 하는 것이라 볼 수 있습니다. 또한 일단 시작한 일, 긍정적 마음을 갖고, 지금 들이는 노력이 헛되지 않기 위해 어떤 부가적 자발적인 노력이 있어야 하는지, 동료들과 함께 어떤 것을 시도해봐야 하는지를 고민해보고, 직접 실행하고 이어가며 실력을 쌓는 것이 제대로 하는 것이라 할 수 있습니다. 이를 밑천 삼아 직장인으로서 부자가 될 수 있는 것입니다.

직장인으로서 부자가 될 수 있는 길은 세 가지가 있습니다. 첫 번째, 직무 경험을 바탕으로 한 분야의 전문가로 도약하는 것, 두 번째, 직장 경험을 바탕으로 대표(리더)가 되어 비즈니스를 일정 수준 이상으로 끌어올리는 것, 세 번째, 둘 다 하는 멀티플레이어가 되는 것입니다.

세 가지 모두 자신의 전문성을 길러가면서 실력 대비 수입의 '지속 가능성'을 확보할 수 있고, 시간이 지나면서 그 체제를 보다 확고히 할 수 있습니다. 정확히 말하자면 여러 군데 눈을 돌리지 않고 한 가지 분야에서 본인이 잘하는 것을 찾고, 꾸준히 노력하면서 부자가 될 수 있는 가능성을 높여갈 수 있습니다.

전문가, 사업가, 멀티 플레이어
무엇이 되든지 지치지 않을 수 있는 길을
선택하고 책임져야 합니다

제가 생각하는 부자가 되기 위한 가장 중요한 요건은 '한 분야에 대한 꾸준함'입니다. 자신이 경험했던 시장을 기반으로 직장생활을 하면서 투자나 사업 혹은 부업을 하면서 수입도 역량도 꾸준히 성장하면 가장 좋을 것입니다. 이는 일에서 얻은 경험적 가치를 일에 재투자하는 것으로, 일과 관련된 효율적이고 효과적인 활동이 내 안에서 적절한 조화를 이루고, 이를 유지하기 위해 필요한 활동을 기획 및 실행할 수 있는 체제입니다.

하지만 보통 사람인 우리는 위와 같은 기회를 모두 가질 수는 없습니다. 해야만 하는 것과 할 수 있는 것을 구분해서, 현실적인 접근을 하는 것이 필요합니다. 가장 먼저, 지금 하는 일로 실력과 연봉 상승의 효과를 지속적으로 누릴 수 있을지에 대한 고민이 필요합니다. 그 시작과 끝에는 세 가지 길이 있습니다. 전문가, 사업가, 멀티 플레이어입니다.

첫 번째로, 전문가가 된다는 것은 자신의 일에서 전문성을 창조하여 업계의 지지를 얻고 나아가 대중적 호응을 얻는 것을 말합니다. 첫 시작은 직장입니다. 일에 대한 가치를 인정받고, 수개월에서 수년간 꾸준히 업무적으로 성과를 내면, 당신에 대한 존중과 인정이 점차 발전할 것입니다. 동종 업계에 긍정적인 소문까지 날 테지요. 기회가 되면 함께 일해보자는 이야기도 직간접적으로 들려올 겁니다. 이를 발판 삼아 직장을 옮길 수도 있습니다. 이후에도 무거워진 책임을 충실히 수행하며 괜찮은 성과를 만들 수 있는 사람임을 증명하며, 전문가의 위치를 공고히 합니다.

그쯤 되면, 특정 업계를 넘어 업계 바깥에 있는 이들에게 알려질 수 있는 여러 기회를 맞이하게 됩니다. 각종 세미나에 연사로 나서거나 대중에게 노출되는 일이 잦아집니다. 그렇게 개인의 인지도를 높이면서, 불특정 다수에게 당신에 대한 '인식'을 만들어주게 됩니다. 이로 인해 가치(연봉을 포함한 각종 금전적 혜택)의 상승을 경험하게 됩니다. 오래 걸릴 수 있지만, 안정적인 커리어입니다.

두 번째로, 사업가가 된다는 것은 여태껏 해온 일이나 인생 경험을 바탕으로 사업을 시작하고, 될 때까지 끈기 있게 시도하며 일정 규모의 비즈니스와 조직을 만드는 것을 말합니다. 시작은 좋은 아이템을 찾거나, 자신의 일로부터 전문적 영역을 찾아 발전시키는 것입니다. 대신에 사업가는 '전문가'의 커리어처럼 특정 단계가 존재하지는 않습니다. 자신과 조직, 고객이 원하는 수준이 될 때까지 버티고, 유지하고 계승할 수 있는지가 가장 큰 문제입니다. 평생 직장만 다닌 직장인이라면 모험적 선택일 수 있습니다.

특히 사장이 되면 모든 것을 다 해야 합니다. 아이템을 찾고, 발전시켜 사업화하는 일련의 과정을 직접 이끌고 만들어가야 합니다. 마치 하나의 세포가 점차 증식하면서 여러 형태로 분열하듯 시간이 지나도 그 발전은 멈추지 않고 계속되어야 하며, 심지어 빨라지기까지 해야 합니다. '얼마나 오래도록, 수익 창출 활동을 통해, 점진적 성장이 가능한가'에 초점을 맞추고 일을 지속해야 합니다.

세 번째로, 멀티플레이어는 전문가와 사업가를 자유자재로 오가는 사람들입니다. 아무나 할 수 있는 일은 아닙니다. 그들은 자신들이 재미있다고 생각하는 것을 좇아 시도하고 실행합니다. 그러다보니 일에 중독되거나, 하고 싶은 일이 많아서 여러 가지 분야에서 활동하기도 합니다. 자신이 원하는 목적을 위해 일을 적절히 이용하면서, 일에서 재미를 찾고, 그 재미를 원동력 삼아 일을 지속합니다. 한쪽에 좀 더 기준을 두고 반대쪽을 통합하여 관리 가능한 형태로 운용하기도 합니다.

위에서 이야기한 것 이외에 탁월한 투자 감각을 바탕으로 엄청난 투자 성과를 만들어내서 부자가 될 수도 있을 겁니다. 하지만 원래부터 그런 쪽의 일을 하지 않았던 이들에게는 정말 어려운 일입니다.

자신의 일을 통해 실력을 쌓고 이를 기반으로 가치를 만들어 더 큰 성장을 만들어내는 것이야말로, 직장인으로서 부자가 되는 가장 빠른 길입니다. 그리고 이를 위해서는 업종에 관계없이 지치지 않는 힘이 있어야 합니다. 스스로 그만두는 선택을 하지 않도록, 지금의 활동을 이어가면서 그 안에서 재미를 느끼기 위한 계기와 포인트를 계속해서 만드는 작업을 해야 합니다.

간단하지만 누구나 쉽게 할 수 없는 일입니다. 일이 나를 지치게 하지 않게 만들면, 그 노력의 결과 실력도 쌓고 부자가 될 수 있는 다양한 기회를 얻을 수 있습니다. 대부분 그렇게 '망하지 않는' 부자가 될 수 있습니다.

Q 프리랜서를 하려면, 어떤 준비가 필요할까요?

A 시장과 고객이 원하는 것을 찾고, 내 일에 책임감을 가져야 합니다.

Q 회사에 소속되어 일한 지 10년이 훌쩍 넘었어요. 회사의 정치 싸움에도 지치고, 그동안 모아놓은 돈도 좀 있어서 이번에 퇴사하면 한두 달은 저를 위해 휴식을 좀 취하고, 프리랜서로 일할 계획을 세우고 있습니다.

A 큰 결심을 하셨네요. 퇴사한 뒤 프리랜서로서의 계획은 얼마나 세워두셨나요?

Q 그동안 일하며 알게 된 분들에게 외주 업무를 받으면 회사 다닐 때보다 수입은 적겠지만 먹고사는 데는 지장이 없을 것 같아요. 물론 생활 전반에서 씀씀이는 줄여야겠지만, 인간관계에서 오는 스트레스는 훨씬 덜하겠죠. 일단 마음은 이렇게 먹었는데, 한편으로는 불안하기도 하네요.

A 맞습니다. 프리랜서들은 불안정한 수입에 '불안함'을 느낄 수밖에 없습니다. 프리랜서로 일하며 지속적으로 일

이 들어오면 좋겠지만, 처음에는 가늠할 수 없어 더욱 그렇죠. 하지만 내가 원하는 일을 하고, 일의 A부터 Z까지 스스로 주도하면서 '일의 성장이 곧 나의 성장'임을 경험할 수 있기 때문에 불안한 동시에 '뿌듯함'도 느낄 수 있을 겁니다. 이 두 가지가 적절한 수준에서 양립할 수 있도록 나만의 노력이 필요합니다. 프리랜서로 살겠다고 결심한 이상, 이제부터는 '왜 하는가, 무엇 때문에 해야 하는가'를 위주로 생각했으면 합니다. 그래야만 자신의 일을 찾고, 발전시키는 데 몰두할 수 있으니까요.

회사를 그만두고 프리랜서가 된다면
생각해봐야 할 몇 가지

1. 직장을 그만두기 위한 재정적 준비를 해야 합니다.

직장을 그만두면 가장 큰 변화는 고정수입이 사라지는 것입니다. 그러므로 우선 먹고사는 수준을 내리는 것부터 시작합니다. 이를 위해 현재의 삶을 지탱하는 데 최소한의 자금이 얼마나 들고, 이 수준을 내려도 괜찮은지, 내린다면 어떤 지출 항목을 줄이거나 삭제할 수 있는지 고려해보아야 합니다.

2. 통장이 '텅장'이면 다시 생각해봐야 합니다.

현재 갖고 있는 여유 자금이 얼마나 되며, 이 돈으로 몇 개월 동안 생활할 수 있는지 정리해보시기 바랍니다. 최대한 줄일 수 있을 때까지 줄이고, 6개월 정도는 버틸 수 있을지 살펴봐야 합니다. 최악의 경우 6개월 동안 수입이 전혀 없을 수 있으니, 이를 대비한 최소한의 준비라고 볼 수 있습니다.

3. 일의 선택과 실천을 위한 준비를 해야 합니다.

프리랜서로 사는 것에는 크게 두 갈래의 길이 있습니다.

그동안 직장에서 해왔던 일 중에 일부를 '스핀오프' 격으로 나와서 하는 것과 그동안 했던 일과는 '전혀 다른 일'을 시작하는 것입니다.

'해왔던 일을 혼자 하기 위한 준비'는 일과 관계된 주변을 살펴서 어디서 시작하고, 어떻게 발전시킬 수 있는지 여러 방면으로 시도해보면서 나름의 방법론을 터득해야 합니다. '한 번도 경험하지 못했던 일의 준비'는 앞으로 하게 될 일의 A to Z뿐만 아니라 본인이 어떤 방향으로 나아갈 수 있는지, 시장을 포함한 비즈니스 전반에 대한 학습이 필요합니다. 해왔던 일보다는 훨씬 많은 준비와 노력이 뒤따르겠죠.

둘 다 먹고사는 문제이기 때문에 넘어야 할 허들이 분명히 존재합니다. 직장인 때와는 차원이 다른 준비를 해야 한다는 것을 잊지 마시기 바랍니다.

4. 프리랜서의 고단한 삶을 버텨낼 단단한 신념, 전문성, 끈기와 성장을 위한 진정한 노력이 필요합니다.

스스로 그만두지 않을 수 있는 명분과 용기, 함께 일하는 이들에게 받을 수 있는 전문성에 대한 인정까지, 당장은 불가능한 영역이라고 해도 도달하려는 의지가 필요합니다. 이를 보다 구체화하면, 아래의 일곱 가지 항목입니다.

첫째, 원하는 방향으로 성장할 수 있다는 희망입니다. 무한 긍정도 좋지만, 낙관적이기만 해서는 안 됩니다. 막연한 이상을 가지기보다는 명확한 단계를 세우고, 현재가 과거보다 나아지고 있음을 쉽게 알 수 있도록 관리해야 합니다.

둘째, 현재까지 잘해왔고, 앞으로도 잘할 수 있다는 자기 확신입니다. 그동안의 좋은 결과는 당연히 좋은 과정이 있었기 때문입니다. 결과보다 과정에 대한 확신을 갖고, 모듈화된 과정을 꾸준히 개선하려는 노력을 하면서 자기 확신을 높여갈 수 있어야 합니다.

셋째, 충분한 가치를 인정받고 있다는 느낌입니다. 내가 하는 일의 가치를 알아줄 사람들이 있고, 그들의 솔직한 반응에서 나의 강점을 찾을 수 있어야 합니다. 그래야만 이를 강화하여 독보적인 존재로 성장할 수 있습니다.

넷째, 주변 사람들의 긍정적 평가입니다. 일은 혼자 한다고 해도 비즈니스는 고객 없이는 불가능합니다. 고객, 그리고 함께 일을 만들어가는 네트워크 속 동료, 업계 관계자로부터 긍정적 신호를 받을 수 있어야 합니다.

다섯째, 부정적 평가를 겸허히 받아들이고 개선하려는 노력입니다. 좋은 이야기만 들리지 않습니다. 누군가는 비난도 비판도 할 것입니다. 이를 걸러서 들어 자신을 보호해야 하며, 합리적 비판에 대해서는 재빨리 보완할 수 있어야 합니다. 그렇지 않으면 성장하지 않는 스스로의 모습에 실망하여 언제든 그만둘 수 있기 때문입니다.

여섯째, 연차를 뛰어넘는, 인정할 수 있는 실력입니다. 이 모든 것은 실력이 뒷받침되어야 합니다. 누구도 부인할 수 없는 실력 또는 전문성으로 함께 일하는 이들의 기대치를 충족시키고, 한발 더 나아가 감동까지 줄 수 있다면 더욱 좋습니다.

일곱째, 그만두지 않을 수 있는, 일에 대한 신념과 확신입니다. 일에 쫓기다가, 잘못된 목표를 따라가다가 신념을 잃어버리는 경우가 많습니다. 그 신념을 되새기거나 잊지 않기 위한 최소한의 노력이 늘 뒤따라야 합니다.

오래 버티는 사람이
결국 승리하는 세계

다들 힘든 것은 마찬가지입니다. 결국, 특정 영역에서 누가 더 오래도록 자신만의 업적을 남기는가에 따라 결과는 달라집니다. 그 업적을 계속해서 남기기 위해 다양한 시도를 하고, 그 과정 속에서 얻은 성과와 성취를 다시 또 내 비즈니스에 녹일 수 있어야 합니다.

"강한 놈이 버티는 것이 아니라, 버티는 놈이 강한 것이

다."

처음 프리랜서 생활을 시작할 때, 이 말이 잘 와닿지 않았습니다. 그러나 이제는 좀 다릅니다. 강해지기 위해서 버티는 것이고, 버티다보면 강해진다는 것을 경험으로 깨닫게 되었습니다.

직장인 때와 가장 많이 달라진 것이 이런 부분입니다. 나의 일에 대한 책임감이 점점 더 강해지면서, 사업에 방해가되는 무언가가 비집고 들어올 틈이 사라지는 느낌입니다. 이를 처음부터 가질 수는 없기에, 점점 강화시키기 위한 나만의 성장 시스템을 만들어야 하는 것입니다. 그것이야말로 당신을 가장 강력하게 만들 수 있는 무기입니다.

Q 나만의 사업을 시작하고 싶은데 어떻게 해야 할까요?

A 내일을 위해 꾸준히 성장하며, 관점을 넓혀가세요.

Q '내 일'을 하고 싶습니다. 직장인으로서 삶도 좋지만, 사실 '나만의 일을 찾아 내 사업을 하고 싶다'는 생각으로 직장생활을 하고 있어요. 그래서 현재의 직장에서 나중에 내 사업에 도움이 될 만한 경험을 하려고 열심히 노력하고 있습니다.

A 좋은 접근 방식입니다. 직장생활을 영원히 할 수는 없죠. 언제가 될지는 모르지만 자신의 삶을 스스로 그리며 꿈꾸고 있다는 데 박수를 보내고 싶습니다. 지금 하는 직장생활이 언젠가 나의 일을 위한 일종의 '투자'라고 생각하고 접근하는 것도 매우 훌륭합니다. 제가 볼 때는 문제가 없어 보이는데요. 무엇이 고민이신가요?

Q 내 사업을 위해 좀 더 집약적이고 전략적으로 임하고 싶은데, 어떻게 해야 할지 잘 모르겠습니다. 지금 생각이 단순히 '꿈'에 그치지는 않을까 하는 걱정이 듭니다. 꿈이 아니라, 진짜 비전으로 만들기 위해서는 지금까지와는 다른 무언가를 해야 할 것 같습니다. 하고 싶은 일에

대한 확실한 계획이 없어서 자꾸 여러 가지를 '건드려보는' 게 아닌가 싶어서 조급함이 듭니다.

A 저는 지금 겪는 내적 갈등(?)과 시행착오가 오히려 도움이 될 것으로 보이는데요. 사업 준비와 관련한 '정확성'을 띄고 싶다고 했지만, 무엇을 할지 확실히 정해지지 않은 상황에서는 오히려 '지금의 마음이 식지 않도록 하는 것'이 중요합니다. 기다리고 준비하다보면 언젠가는 기회가 올 것이고, 그 기회가 왔을 때 충분히 살릴 수 있도록 여러 준비를 하는 것은 당연합니다.

직장생활과 다르게 내 사업을 한다는 것은 사업의 규모와 관계없이 모든 영역을 책임져야 한다는 것입니다. 그런 면에서 현재의 직장에서 여러 실무 경험을 익히는 것과 더불어, 어떤 태도가 책임지는 모습이고, 함께 일하는 법이 무엇인지를 제대로 배우고 익히는 것도 중요하다고 봅니다.

조급하게 생각하실 필요 없습니다. 기회가 왔을 때 놓치지 않도록 지금은 계속해서 당신에게 자극이 될 만한 것을 찾아나가십시오. 그렇게 나 자신의 성장에 노력을 기울이다보면, 분명히 기대하는 일이 눈앞에 펼쳐질 것입니다.

내 일을 시작하고 싶다면, 내일의 희망을 지속적으로 오늘에 투자하세요

우리는 오늘을 살고 있습니다. 그래서 하루하루 오늘의 시간에 쫓겨 살아갑니다. '오늘'에 초점을 맞춰 업무 계획을 세우고, 그 계획에 맞춰 실천하면서 보람을 찾습니다. 그렇게 '오늘'에 갇혀버립니다.

삶이 지루하다고 느끼는 것도, 너무 빨리 간다고 느끼는 것도, 모두 오늘이 반복된다고 느끼기 때문입니다. 물론 주말이 그 지루함을 일부 덜어주기도 합니다. 그 시간만큼은 약속된 무언가를 하기보다는 즉흥적으로 보내기도 하고, 아무것도 안하면서 그냥 흘려보내기도 합니다.

그런데 '오늘만을 산다'고 생각하면 우리는 하루살이와 다를 바 없습니다. 주어진 하루하루를 열심히 사는 것은 좋지만, 왜 그래야 하는지 알지 못하면 허무주의에 빠지기도 합니다. 우리가 노력하는 오늘은 늘 미래와 연결되어 있다는 것을 알아야 합니다. 내가 되고 싶은 나의 미래, 이루고 싶은 어떤 목표, 어떤 것이든 '오늘 안에는' 일어나지 않습니다. 우리가 노력하는 오늘은 늘 미래와 연결되어 있고, 그 연결을 보다 '확실하게 하기' 위해 오늘을 열심히 사는 것입니다.

그러니 시간의 개념에 대한 새로운 인식이 필요합니다. "오늘이 간다"보다는 "내일이 온다"라고 말입니다. 그럼 내가 하는 일에 대한 생각과 관점이 바뀔 수 있습니다. 내일이 오기 때문에, 오늘 내가 해야 하는 일의 중요도 및 우선순위가 바뀝니다.

그중에서 '매일같이 해야 하는 일'은 자연스럽게 습관화하고, '어떤 목적을 갖고 투자 차원에서 해야 하는 일'은 단기 및 중장기적으로 추진해나가면서 미래를 위한 '짜임새 있는 활동'으로 내 삶을 채워갈 수 있도록 노력하는 것입니다. 그러면 '오늘만 사는' 내가 아니라, 미래를 위해 '오늘 전략적으로 노력하는' 내가 될 수 있습니다.

단, 몇 가지 주의할 점이 있습니다. 첫째, '뚜렷한 목표'를 성급하게 잡지 않도록 해야 합니다. 자신에게 부담 아닌 부담을 줄 수 있기 때문입니다. 굳이 어떤 사업 아이템을 빠르게 실행해야 하는 이유가 없다면, 차분하게 적절한 기회가 나타나기를 기다려야 합니다. 그 기회가 왔을 때 잘 살리기 위해 오늘을 투자하는 것입니다.

둘째, 기회는 한 번이 아니라 여러 번 오는 것을 알고 있어야 합니다. 이는 진짜 기회와 가짜 기회로 구분됩니다. 따라서 이것들을 구분하는 눈을 기르는 데 초점을 맞춰 나에게 투자해야 합니다. 누군가는 운이 좋아서 초년에 기회가 오기도 합니다. 그때 기회를 잘 살려 끝까지 갈 수도 있지만, 준비되지 않은 상황에서 모든 것을 잃는 경우도 많습니다. 또 다른 누군가는 7전 8기를 경험한 끝에 중년이 지나서야 빛을 보기도 합니다. 이들의 차이점은 운과 관점에 있습니다. 운은 반복되기 매우 어렵습니다. 하지만 여러 경험을 통해 다져진 성숙한 생각과 관점은 작은 기회를 크게 키울 수도 있고, 진짜와 가짜를 구분하기도 하고, 놓쳐버린 기회를 후회하기보다는 반성을 통해 앞으로 맞이할 새로운 기회를 제대로 붙잡을 수 있게 만듭니다.

셋째, 자신을 잘 파악하는 것이 중요합니다. 내가 어떤 상황이나 행동이 반복될 때 지치는지 인지하고, 이에 적절히 대응할 수 있어야 합니다. '오늘의 투자' 중 대부분이 미래를 위해 특정 경험을 하는 것이 아닌, 일상에서 반복하는 여러 활동에 있습니다. 따라서 이러한 활동을 꾸준히 반복하지 않으면 미래에 충분히 힘을 발휘하지 못할 수 있음을 알되, 생각 없이 반복하기보다는 '지속하고 성장함'에 더욱 의미를 두어야 합니다.

왜냐하면 누구에게나 어떤 일이든 '반복'이 필요하기 때문입니다. 그 반복을 통해 숙련의 경지로 올라가고, 그 숙련이 다음 단계로 오르게 해 보이지 않던 것을 보게 하는 여유를 갖게 합니다.

이때 '지루함'을 느끼는 지점과 상황에 대한 자기 인식이 함께 이루어진다면, 그 지루함을 슬기롭게 극복하는 방법도 익히게 됩니다. 그로 인해 성장한 자신의 모습을 깨닫는다면, 더욱 지속할 수 있는 힘과 시스템을 가질 수 있겠지요.

이를 위해 필요한 것이 '체력과 지력'입니다. 체력을 유지하기 위해 운동은 필수입니다. 운동하는 동안에는 힘들고 괴롭지만, 매일같이 반복하는 운동이 미래의 내가 어떤 일을 할 때 체력적인 한계 때문에 포기하는 불상사를 막아줄 것입니다.

지력을 높이기 위한 학습도 마찬가지입니다. 성인이 된 이후의 학습은 '생존을 위해' 꼭 필요합니다. 성장하기 위해 혹은 지금의 자리를 계속 고수하기 위해서도 말입니다. 내 성장에 맞춰 주변의 기대가 올라가고, 높아진 기대만큼 요구되는 책임도 점차 무거워집니다. 이를 적절하게 수행하지 못하면 그 자리를 계속 지키기도 힘들게 되지요. 따라서 능동적 학습을 위해 위에서 이야기한 운동처럼, 나만의 시스템을 구축하기 위한 다양한 시도를 해봐야 합니다. 무엇이 나에게 맞는지, 내 학습의 의지를 떨어뜨리지 않고 학습력을 높일 수 있는 방안이 무엇인지, 다양한 학습 방법과 영역을 탐색하면서 적절한 방법을 내재화함으로써 오늘의 활동을 통해 내일 맞이하게 될 나를 대비할 수 있어야 합니다.

나 자신을 믿고, 하루하루 성장해나가면 기대는 현실이 됩니다

일을 하는 과정에도 당연히 무수한 반복이 있습니다. 끊임없이 이어지는 회의와 각종 보고서 작성과 제출, 간간히 이어지는 프레젠테이션까지, 코앞에 닥친 일들을 처리하며 다소 지칠 수도 있습니다. 그렇게 되면 일이 가지는 각각의 가치를 생각하기보다는 '어떻게 하면 일을 빨리 마칠까' 하는 생각으로 가득차게 됩니다.

각각의 일에서 '어떻게 하면 숙련도를 높이고, 단기간에 적절한 수준을 낼 수 있는가'를 기획하고, 이를 통해 지루함을 극복함과 동시에 일의 가치를 새롭게 인식하는 노력이 필요합니다. 또한 그 일과 관련된 여러 관계에서 내가 생각하지 못했던 영역이나 앞으로 점차 높아질 요구에 대응하기 위해 무엇을 새롭게 갈고닦아야 하는지, 후에 어떤 분야로 확대 적용할 수 있을지도 생각해보는 것이 좋습니다. 일을 하는 행위의 주체로서 일의 가치를 파악하고, 이를 발전시키고 노력함으로써 나 자신의 발전도 기대할 수 있게 됩니다.

물론 그 성장과 발전에는 한계가 있을 수 있습니다. 하지만, 오늘 내가 미래를 위해 어떤 투자(노력)을 했고, 그것이 얼마나 오랫동안 반복한 것이고, 최근에 새롭게 시작한 것이 무엇이며, 이것이 현재와 미래 중 어디에 초점을 두고 시도한 일인가에 따라 내일의 나는 어제, 오늘의 나와 달라질 수 있습니다.

이 모든 것을 위해 가장 중요한 것은 나 자신을 믿는 것입니다. 할 수 있다는 믿음, 내가 지금 하는 여러 활동이 미래의 내 가치를 높일 수 있다는 믿음입니다. 그러니 무엇보다 스스로에 대한 확신과 자신감을 잃지 않도록 수시로 나를 다독이고 칭찬할 수 있어야 합니다.

삶은 반복되고, 또한 연속됩니다. 우리는 그 속에서 나도 모르게 성장한 자신을 발견합니다. 그 성장한 모습에 내 의도와 생각이 얼마나 들어있는가에 따라 내가 느끼는 보람과 행복은 달라질 수 있습니다. 그 모습이 사업이든 현 직장에서 가장 높은 자리에 오르는 것이든 말입니다.

내가 진심을 다해 바라는 일이면, 그 일을 할 수 있다는, 그렇게 될 수 있다는 믿음을 가지고 '오늘의 할 일'들을 스스로 기획하고 실천하면서, 오늘보다는 내일을 위해 하루하루를 살아가보시기 바랍니다. 그렇게 관점을 넓혀가는 것입니다.

과정에서 매번 정답을 만들거나 맞힐 수는 없습니다. 또한 의도대로 되지 않는 경우도 많습니다. 이때 지치지 않는 것도 중요합니다. 인생은 길고, 그 긴 여정 속에서 스스로를 믿고 하루하루 재미를 찾아나가면, 당신이 기대하고 있는 모습은 분명히 언젠가 현실이 될 것입니다.

커리어 수업을 마치면서

◇

　우리는 누군가의 말처럼 '돈을 벌기 위해' 일을 할 수도 있습니다. 그러나 그렇게 생각하면서 일을 지속한다면 가장 고통스러운 것은 자기 자신입니다. 일과 관련된 모든 것이 부정적으로 다가올 수밖에 없기 때문입니다. 최악의 경우, 일을 그만두고 싶지만 돈을 벌기 위해 어쩔 수 없이 하루하루를 살아야 한다고 생각할 수도 있습니다. 제가 생각하는 가장 끔찍한 경우입니다.

　혹시 여러분이 이 책을 읽기 전 그런 생각을 가지고 있었다면, 책을 다 읽은 지금 조금이라도 변화되었기를 바라봅니다. 단순히 일에 대해 긍정적으로 생각하게 된 것이 아니라 그 안에서 자신의 커리어와 과거, 현재, 미래 등을 되짚어보며 무엇이 현실적으로 더욱 적합하고, 미래지향적인 희망의 씨앗이 될 수 있는지를 찾을 수 있었으면 좋겠습니다. 또한 일을 대하는 여러 생각의 변화와 함께 일에 대한 태도까지 바뀐다면 더욱 좋겠습니다. 그래야만 스스로를 성장시킬 수 있는 중요한 힘을 내면에 가질 수 있기 때문입니다.

커리어를 쌓는 것은 나의 미래를 위한 활동입니다. 그리고 그 방법(수단)이 '일'이라고 할 수 있습니다. 여러분이 일을 하는 진짜 목적을 깨닫는다면 현재보다 더욱 일을 잘하기 위해, 더 발전한 모습이 되기 위해 내가 처한 위치와 상황에서 어떤 노력을 할 수 있는지 생각해볼 수 있을 것입니다. 일 외적인 부분까지 일과 연관지어 다양한 시도와 도전을 할 수 있도록, 스스로에게 힘을 주시기 바랍니다.

누구나 처음에는 다소 우왕좌왕할 수 있습니다. 하지만 다양한 시도를 하는 중에 성공, 실패와는 관계없이 그 자체에서 재미를 느낄 수 있을 것입니다. 그중에 자신에게 큰 의미로 다가오는 부분이 바로 내가 가질 수 있는 전문성의 일부입니다. 이를 꾸준히 갈고닦으면 타인의 인정도 기대해볼 수 있습니다.

자, 이제 여러분은 진짜 커리어를 가질 수 있는 준비가 되었습니다. 돈을 벌기 위해, 다른 사람들에게 인정받기 위해, 더 높은 명예를 얻기 위해 일하는 것이 아니라, 오로지 여러분의 성장과 그에 따른 만족감을 유지하여 '일에서 얻을 수 있는 행복지수'를 높이기 위해 일할 수 있는 준비를 마친 것입니다. 하루하루 열심히 일해야 하는 자신을 위해서라도 '일을 즐기는 법'을 고민할 수 있었으면 좋겠습니다. 그리고 그 고민 끝에 소소한 부분이라도 하나둘씩 본인의 의도대로 바꿀 수 있기를 기원합니다. 마지막으로, 여러분의 행복한 커리어를 응원합니다.

마음시선: 마음을 담은 시간을 선물하다

시간이 흘러도 변치 않는 가치를 지닌 책을 만들고 싶습니다.
따뜻한 마음을 담은 시간으로
소중한 책을 만들어 당신에게 선물합니다.

성장하는 나를 위한 커리어 수업

ⓒ 김영학 2021

초판 1쇄 인쇄 2021년 6월 15일
초판 1쇄 발행 2021년 6월 25일

지은이 김영학

책임편집 김수현
디자인 박영정

펴낸이 김수현
펴낸곳 마음시선
출판등록 2019년 10월 25일(제2019-000097호)
주소 서울시 마포구 신촌로2길 19, 마포출판문화진흥센터 3층 318호
이메일 maumsisun@naver.com
인스타그램 @maumsisun

ISBN 979-11-971533-3-4 03810